현대신서
165

발자크 비평

조엘 글레즈
(엑스마르세유 제I대학 조교수)

이정민 옮김

東文選

발자크 비평

Joëlle Gleize

HONORÉ DE BALZAC
Bilan critique

차 례

서 론

각각의 세대는 그를 달리 평가할 것이다.
그러나 모든 이들에게 그는 타이탄의 얼굴로 비쳐질 것이다.
—— 휴고 폰 호프만슈탈

발자크의 작품에 관해, 발자크의 작품 속에서, 발자크의 작품으로 연구하다 보면 우리는 언제나 총체화의 욕망과 직면하게 된다. 하지만 이 비평의 총결산에서는 모든 주제를 총망라하려는 것이 아니다. 이 책은 발자크의 작품에 대해 행해졌던 주요한 해석들을 소개하는 데 만족하려 한다. 이 책 지면의 한계상 연속적인 독서를 통해 드러나게 될 여러 가지 변형들과 경향들, 그리고 도덕 가치론들을 분석하고 설명하는 것은 불가능하다. 이 책에서는 단지 그것들을 지적 맥락 속에 위치시키고, 그들 사이에 관계를 맺어주고자 노력했다.

이 책은 특히 발자크 연구의 입문서 역할을 하는 한편, 발자크 작품 속으로 떠나는 여행의 초대장 역할을 하는 데 만족하고자 한다. 동시에 본책은 부분적이나마 간략한 이력과 현재 진행중인 연구 상황에 대한 정보를 제공한다. 다양한 비평 방법들은 그 자체들을 위해서라기보다는, 그것들을 통해 발자크 작품에 허용되는 다양한 해석들을 위해서 소개된다.

제I장은 동시대 및 후대의 다른 작가들의 시선을 통해 발자크를

조명해 보기로 한다: 작가들의 비평은 제도적 비평의 규범에서 벗어난 개척자적인 비평이자 언제나 명철한 시선으로 바라본 비평이다. 제II장은 발자크의 전 작품을 읽는 어려움과 그럼에도 불구하고 전 작품을 읽어야 한다는 필요성, 이 두 가지 전제에서 출발한다. 특히 몇몇 소설 작품(《외제니 그랑데》와 《고리오 영감》)들을 통해 다양한 독서 순서와 발자크의 다형적(多形的) 글쓰기의 이런저런 면들을 살펴본다. 제III장은 20세기에 들어서서 발자크 소설들에 행해진 다양한 비평적 접근 방식들과 그것들의 주요 내용을 다룬다. 제IV장은 과거에 활발한 연구가 이루어졌으며 현재에도 여전히 활기 있게 연구되고 있는 몇몇 논쟁에 대해 검토하고, 최근의 연구서 속에서 가장 많이 다루어지고 있는 분야들을 소개한다. 제V장은 지금까지 소개된 참고 문헌이나 미처 소개되지 못한 기타 참고 문헌들을 종합적으로 모아 놓은 것들의 목록이다.

1845년의 카탈로그

《인간 희극》
수록 작품들의
카탈로그

1845년 퓌른 판본 전집(26권) 출간을 위해 정해진 순서이다.

* 표시가 된 부분은 미완성 작품들이다.

———

제1부: 풍속의 연구

제2부: 철학적 연구

제3부: 분석적 연구

———

제1부: 풍속의 연구

1. 사생활 장면들; 2. 지방 생활 장면들; 3. 파리 생활 장면들;
4. 정치 생활 장면들; 5. 군대 생활 장면들; 6. 전원 생활 장면들

사생활 장면들(전4권, 제1-4권까지)

1) 아이들.* 2) 여학생 기숙사.* 3) 중학교의 내부.* 4) 대문에 실타래 장난을 하는 고양이가 그려진 집. 5) 소의 무도회. 6) 두 젊은 부인의 회상록. 7) 지갑. 8) 모데스트 미뇽. 9) 인생 데뷔. 10) 알베르 사바뤼스. 11) 복수. 12) 이중 살림. 13) 집안의 평화. 14) 피르미아니 부인. 15) 여자 연구. 16) 가짜 애인. 17) 이브의 딸. 18) 샤베르 대령. 19) 메시지. 20) 석류나무가 있는 집. 21) 버림

받은 여인. 22) 오노린. 23) 베아트릭스 혹은 강요된 사랑. 24) 곱세크. 25) 서른 살 여인. 26) 고리오 영감. 27) 피에르 그라수. 28) 무신론자의 미사. 29) 금치산. 30) 결혼 계약. 31) 사위와 장모.* 32) 또하나의 여자 연구.

지방 생활 장면들(전4권, 제5-8권까지)
33) 골짜기의 백합. 34) 위르쉴 미루에. 35) 외제니 그랑데. -독신자들(연작). 36) 피에레트. 37) 투르의 신부. 38. 시골 총각의 살림살이. -시골에 온 파리 사람들(연작). 39) 유명한 고디사르. 40) 주름살 많은 사람들.* 41) 시골의 뮤즈. 42) 여행중인 여배우.* 43) 탁월한 여자.* -경쟁 관계(연작). 44) 괴짜.* 45) 부아루즈 상속인들.* 46) 노처녀. -파리에 온 시골 사람들(연작). 47) 골동품 진열실. 48) 자크 드 메스. 49) 잃어버린 환상: 제1부 두 명의 시인들, 제2부 파리에 온 시골의 위인, 제3부 발명가의 고뇌.

파리 생활 장면들(전4권, 제9-12권까지)
13인회 이야기(연작): 50) 페라귀스, 탕아들의 두목(제1에피소드). 51) 랑제 공작부인(제2에피소드). 52) 황금빛 눈의 소녀. 53) 사무원들. 54) 사라진. 55) 세자르 비로토의 영광과 실추. 56) 뉘싱겐 상사. 57) 파시노 칸. 58) 카디냥 공주의 비밀들. 59) 창녀들의 영광과 비참. 60) 보트랭의 최후의 현신. 61) 위대한 사람들, 병원, 그리고 민중.* 62) 보헤미안의 왕자. 63) 진지한 코미디언들. 64) 프랑스 한담집. 65) 궁전 풍경.* 66) 프티 부르주아들. 67) 학자들 사이에.* 68) 연극의 실체.* 69) 현대사의 이면

정치 생활 장면들(전3권, 제13-15권까지)
70) 공포 정치 체제하의 한 에피소드. 71) 역사와 소설.* 72) 음모. 73) 두 명의 야심가.* 74) 대사관 직원.* 75) 어떻게 장관이 되

는가.* 76) 아르시의 국회의원. 77) Z. 마르카

군대 생활 장면들(전4권, 제16-19권까지)
78) 공화국 병사들(세 개의 에피소드 모음집).* 79) 원정 시작.* 80) 방데인들.* 81) 올빼미당. –이집트에 온 프랑스 사람들(제1에피소드)(연작). 82) 예언자(제2에피소드).* 83) 파샤(제3에피소드).* 84) 사막에서의 정열. 85) 이동하는 군대.* 86) 통령 근위대.* 87) 빈에서: (연작 제1부) 전투,* (제2부) 포위당한 군대,* (제3부) 바그람 평원.* 88) 여관 주인.* 89) 스페인의 영국인들.* 90) 모스크바.* 91) 드레스덴 전투.* 92) 낙오병들.* 93) 빨치산들.* 94) 순양함.* 95) 부교들.* 96) 프랑스의 원정 전쟁.* 97) 마지막 전장.* 98) 터키군 총사령관.* 99) 라 페니시에르.* 100) 알제리 해적.*

전원 생활 장면들(전2권, 제20-21권까지)
101) 농부들. 102) 시골 의사. 103) 치안 판사.* 104) 마을의 신부. 105) 파리 교외.*

제2부: 철학적 연구

(전3권. 제22-24권까지)
106) 오늘날의 파이돈.* 107) 마법 가죽. 108) 플랑드르에 현신하는 예수 그리스도. 109) 화해한 멜모스. 110) 마실리나 도니. 111) 미지의 걸작. 112) 강바라. 113) 절대 탐구. 114) 프리토 의장.* 115) 박애주의자.* 116) 저주받은 아이.* 117) 이별. 118) 마라나 가문. 119) 징집군인. 120) 사형집행인. 121) 바닷가 이야기. 122) 코르넬우스 영감님. 123) 붉은 주막. 124) 카트린 드 메디시스에 관하여(연작): 제1부 캘빈과 순교자. 125) 제2부 뤼지에리 형제의 고백. 126) 제3부 두 가지 꿈. 127) 새로운 아벨라르.* 128) 불로장생약.

129) 삶과 새로운 사상의 모험들.* 130) 추방자. 131) 루이 랑베르.
132) 세라피타.

제3부: 분석적 연구

(전2권, 제25-26권까지)
133) 교육계 해부.* 134) 결혼생리학. 135) 사회 생활의 병리학.*
136) 미덕론.* 137) 19세기의 불완전성에 관한 철학적 · 정치적인
대화.*

스테판 바숑의 《오노레 드 발자크의 작업과 나날들》 참조, 뱅
센대학출판부, 몬트리올 CNRS, 1992.

I

작가들이 바라본 발자크

비평의 총결산이라 할 수 있는 이 책에서 비평가들의 담론이 아닌 작가들의 담론을 먼저 살펴보는 것이 이상하게 보일 수 있다. 나는 작가들의 담론들의 중요성과 흥미로움뿐만 아니라 그 독특함까지 보여주고 싶다. 작가들도 역시(그리고 우선적으로는) 독자들이다. 하지만 자신의 글쓰기 계획을 염두에 두고서 독서하는 선입관이 있는 독자들이라 할 수 있다. 그들은 비평가가 그렇게 하듯이(당연히 그렇게 해야 하듯이) 자신이 읽는 작품의 미학적 요소들을 파악하는 데 몰두하기 위해서 주관성을 배제하지는 않는다. 그들은 자신들을 위해서 책을 읽는다. 이 점에서는 일반적인 독자와 비슷하다 할 수 있다. 하지만 무엇보다 그들은 자신의 글쓰기를 위해서 책을 읽거나, 혹은 자신이 글을 쓴다는 사실을 염두에 두고 책을 읽는다. 그리하여 그들은 발자크를 해석할 때 종종 그의 작품에서 각자 특수한 면을 끄집어 내곤 하는데, 바로 이 특수한 면에 근거해서 혹은 반대해서 그들은 글을 쓸 수 있는 것이다. 이들은 불완전한 이미지들이므로 그 형태들도 당연히 다르다. 그러나 바로 여기에서 비평가적 담론이 계속 연구하고 심화시키는 여러 특색들의 윤곽이 그려진다. 완전하지는 않을망정 적어도 충분히 복잡한 하나의 이미지를 탐구함으로써 그 모델의 풍요로움은 유지된다.

1. 오노레 드 발자크, 그의 동시대인들과 동료들

1836년부터 이미 발자크는 소설의 주인공으로 등장한다. 이 해에 델핀 드 지라르댕은 소설 제목의 유례가 된 발자크의 지팡이가 주인공으로 등장하는 짧은 소설을 출간한다. 그녀는 그것을 쥐고 있는 사람을 안 보이게 만드는 이 지팡이의 신기한 능력을 통해, 전지전능하고 어디에나 존재하는 화자로 변신하는 소설가의 비범한 능력을 빗대어 설명한다. 이렇듯 그녀는 소설가의 준(準)예지적 능력이랄 수 있는 '통찰력'을 재미있는 마술을 통해 얘기한다.

> 사생활, 이것이야말로 그가 무한한 능력을 가지고 묘사하는 것이다. 그렇다면 그는 어떻게 이 모든 것을 말하고, 알려주고, 보여주면서 독자들을 놀라게 할 것인가? 바로 발자크의 이 신기한 지팡이를 통해서이다. 인기 있는 왕자들이 실제로 체험해 보고 싶은 부자들의 궁전이나 가난한 자의 오두막집을 방문하기 위해서 변장하는 것처럼 발자크는 관찰하기 위해서 자신을 숨긴다.[1]
>
> D. 드 지라르댕, 《발자크의 지팡이》(1836)

전설적인 인물로의 발자크의 변신은 일찍이 시작된다. 그러한 변신은 보들레르가 1845년 11월 24일자의 《유령선》지에 작자 미상으로 실은 평론에서도 엿볼 수 있는데, 여기서 보들레르는 "천재는

---

1) 《발자크의 지팡이》, 바토 이브르 출판사, 1946, p.108. 작가 델핀 드 지라르댕은 같은 해 《프레스》지에 오노레 드 발자크의 첫번째 신문 소설인 《노처녀》를 출간한 에밀 드 지라르댕의 부인이다.

어떻게 그 대가를 지불하는가"를 이야기한다. 이 일화의 주인공은 "19세기에 상업적·문학적으로 가장 영향력이 있는 인물"로 그려지고, "《인간 희극》의 등장 인물들 가운데에서도 가장 호기심이 왕성하고, 우스꽝스럽고, 흥미로우며 또한 가장 허영심이 많은 인물"로 묘사된다.(《전집》, 갈리마르, 〈플레야드〉, 1966. p.467) 괴물이나 천재에 가까운 이 놀라운 재능의 소유자는 풍자적·전설적으로 묘사된다.

《인간 희극》이 출판될 때면 조르주 상드·라마르틴·위고·테오필 고티에 등과 같은 발자크의 위대한 동시대인들의 증언이 함께 실리곤 한다.[2] 동시대인들과 동료들의 눈에 비쳐진 발자크란 인물은 인간적인 면모보다는 작가로서의 면모가 부각된다. 빅토르 위고는 재치 있는 점층법을 통해 다음과 같이 발자크를 평가했다. "결코 지칠 줄 모르는 이 위대한 노동자여, 철학가여, 사상가여, 시인이여, 천재여(…)."(장례식에서 낭독된 조사(弔辭), 1850년 8월 21일 《발자크 총서》에 수록, 클럽 프랑세 뒤 리브르, 1980. 제7권. p.317) 이러한 이유 때문에 발자크 사후에 내려진 평가들이 오랫동안 기억되는 것이다.

발자크의 동료들은 문단의 서열 가운데 어디에다 그를 위치시키고 있는가? 물론 선두 그룹 가운데일 것이나, 하지만 어떤 점에서 혹은 누구에 의해서? "발자크는 가장 위대한 작가들 가운데서도 앞선 그룹의 한 명이었을 뿐 아니라, 가장 뛰어난 작가들 가운데에서도 최상위 그룹에 속했다"라고 위고는 모호하면서도 단호

---

2) 1965년 쇠이유 출판사의 〈앵테그랄〉 총서의 P. G. 카스텍스와 P. 시트롱 판본, 그리고 클럽 프랑세 뒤 리브르 출판사의 A. 베갱과 J. A. 뒤쿠르노 판본(1966-1967년)이 그러한 예이다.

하게 대답한다. 하지만 그는 장례식에서 낭독된 조사에 이어 발자크에 대한 정확한 평가를 내리기 위해 역사가들과 극작가들, 소설가들과 철학가들 사이에 발자크를 위치시키면서, 타키투스·수에토니우스·보마르셰 그리고 라블레·몰리에르·루소와 같은 대열에 올린다. 왜냐하면 1850년대에는 소설가들 중에서 가장 위대하다라고 발자크를 평가하는 것은 오히려 그를 평가절하하는 것이기 때문이다. 조르주 상드는 이 사실을 잘 알고 있었다. "우리는 발자크가 살아 있는 동안에는 가장 작품을 많이 쓴 작가라고 그를 정의내렸다. 그가 죽은 후에는 소설가들 가운데 최고라고 했다. (…) 그것은 그가 가지고 있는 능력에 비추어 볼 때 충분한 찬사가 되지 못할 것이다."(《발자크 총서》에서 인용, 제9권, p.11)

발자크의 전 생애 동안 그를 따라다녔던 생트 뵈브가 던진 암시는 무척 명확하다. 처음으로 그에 대한 공식적 평가를 내린 생트 뵈브는 상드와 "더 위대하고, 더 신념 있는 확고부동한 작가들"과 더불어 외젠 쉬·알렉상드르 뒤마 혹은 프레데릭 술리에 사이에 발자크를 위치시킨 뒤, 그가 죽은 다음에도 이 평가를 결코 수정하지 않는다. 다시 말해 그는 발자크를 '상업적 문학'[3]이란 이름으로 굉장한 맹위를 떨쳤던 '염증성의, 정신을 초췌케 하는, 적극적인' 통속 소설의 '주요한 주역들' 가운데 발자크를 위치시키고 있는 것이다. 이로부터 문단의 위계질서가 존재할 필요가 없는, '비슷한 재능을 가진 자들의 영역'에 발자크를 위치시킨 위고의

---

3) 《콩스티튀시오넬》지의 평론, 1850년 9월 2일, 생트 뵈브, 《비평론》에 수록, 갈리마르, 《폴리오 에세》 시리즈, 1992, p.329. '상업적 문학'이란 표현은 생트 뵈브가 1839년 9월 1일자 《르뷔 데 되 몽드》지에 실어 큰 반향을 불러일으켰던 평론 《상업적 문학론》에서 창안해 낸 것이다.

모호함을 이해하게 된다.

발자크와 동시대 작가들은 그 작품을 분석할 때, 그를 비난하면서가 아니라 자신의 작품을 통해 총체적인 사회를 포착하고 또한 재현하고자 했던 발자크의 야심, 총체적인 문학에 관한 그의 담론을 상기시키면서 그것의 거대한 규모를 강조한다. 우선 빅토르 위고를 놀라게 한 것은 이런 총체화의 계획이 성공하였다는 점이다.

그의 모든 작품들은 약동적으로 빛을 발하는 심오한 한 권의 책을 이루고 있는데, 무엇이라고 말할 수는 없지만 우리의 모든 동시대 문명이 현실과 뒤섞인 놀랍고도 어마어마한 어떤 것을 가지고 오가며 걷고 움직이는 것을 보게 된다. 작가가 희곡이라 이름 붙인 이 놀라운 책은 모든 형식과 모든 문체를 두루 섭렵하면서 타키투스를 넘어 수에토니우스에까지 이르며, 보마르셰를 지나 라블레에 이르는 역사라고 말할 수도 있을 것이다. 이 책은 또한 관찰력과 상상력으로 이루어졌으며, 진실한 것과 내밀한 것, 저속한 것과 진부한 것, 물질적인 것을 풍성하게 보여준다. 그 책은 때때로 거칠고 광범위하게 파열되는 모든 현실들을 통해서 가장 어둡고 비극적인 이상을 한순간 잠시나마 엿볼 수 있도록 하는 그런 책이기도 하다.

V. 위고, 장례식에서 낭독된 조사(p.317)

터무니없는 야망과 그것의 실행은 위고에게는 비난거리가 되지 않는다. 그러나 생트 뵈브에게는 그것은 비난거리이다. 그는 발자크에게서 "자기 작품의 포로가 된" 작가의 모습을 본다. 그러나 생트 뵈브에 의하면, 진실한 힘은 자신의 창작물의 "우위에 위치하면서" "압도하고 지배하는" 자의 것이다.(《비평론》, p.316) 반대로

1859년에 보들레르는 생트 뵈브나 다른 사람들이 단점이라 보았던 것을 장점으로 본다.

　그의 모든 등장 인물들은 놀랄 만한 활력을 가지고 스스로 생기를 되찾는다. 모든 허구들은 마치 꿈처럼 심오하게 채색되어 있다. 최정상의 귀족 계급에서부터 최하위의 하층민에 이르기까지 인간 희극의 모든 주동자들은 실제 세계가 우리에게 보여주는 것보다 삶에 더욱 악착스럽고, 투쟁할 때 더욱 능동적이며 간교하다. 또한 불행 속에서 더욱 인내하며, 쾌락에 더욱 집착하고, 헌신함에 더욱 천사와도 같다. 요약하자면 발자크 작품의 각각의 등장 인물들은 심지어 문지기라 할지라도 천재적인 재능을 가지고 있다. 모든 영혼들은 대포의 아가리까지 의지로 장전된 무기와도 같다. 그것은 바로 발자크 자신이다. (…) 세부적인 것에 대한 놀라운 심미안을 가지고서 모든 것을 다 보고, 보이려고 하며, 모든 것을 짐작하고, 짐작하게 만들고자 하는 야심으로, 전체에 대한 전망을 보존하기 위해서 발자크는 더 많은 힘을 발휘해 그 주요 방향들을 알린다.
C. 보들레르, 〈테오필 고티에〉, 《전집》에 수록, 갈리마르,
〈플레야드〉, 1966, p.692

빅토르 위고의 장례식에서 낭독된 조사는 발자크에 관한 담론들 가운데 상당 부분을 차지하는 관찰력과 상상력의 대립을 언급한다. 이 두 가지 대조적인 개념을 동시에 긍정하면서 말이다. 흔히 그 두 개의 성격은 모순적인 것으로 인식된다. 즉 하나는 다른 하나를 희생시키면서 가치가 더 높아진다. 생트 뵈브가 인용한 적이 있는 필라레트 샬은 "사람들은 발자크가 관찰자이다, 분석가이

다라며 떠들어댔다. 그것보다 더 좋은지 나쁜지는 모르겠지만 실은 그는 몽상가였다”라고 이야기한다. 샬이 취한 이 모호함은 생트 뵈브에 의해서도 역시 제기된 것이기도 하다. 그는 발자크가 터무니없는 것을 지어내고 꿈꾼다고 비난한다. 고티에와 보들레르는 이런 보편적 여론에 대해 반대의 입장을 취한다. 즉 고티에는 발자크 내부의 ‘몽상가적인’ 면모만이 《인간 희극》에서 크든 작든 중요한 역할을 하는 2,3천여 명의 인물 유형의 무한한 다양성을 설명할 수 있다”(《발자크 총서》에서 인용, 제9권, p.XI)고 생각한다. 또한 보들레르는 “그의 주된 장점은 그가 몽상가였다는 것, 그것도 정열적인 몽상가였다는 것이다”라고 평가한다.(《전집》에서 인용)

　1846년 이래 보들레르가 그렇게 한 것처럼 그의 숭배자들은 발자크 속에서 ‘소설가·과학자·창조자, 그리고 관찰자’의 모습을 동시에 발견한다. 반대로 생트 뵈브가 그렇게 한 것처럼 발자크 속에서 풍속화가의 모습만을 치하하는 것은 그에게서 단지 관찰자의 모습만을 보는 것이며, 그에게 단지 소설가로서의 입지만을 인정하는 것이다. 그러나 발자크 자신이나 그의 동시대인들이 보기에 소설은 발자크의 문학적 가치에 대한 인식을 충족시키기에는 아직 충분히 합법적인 장르가 아니다. 그가 소설가라는 칭호보다는 역사가란 칭호를 더 선호했듯이 말이다. 조르주 상드는 다음과 같이 발자크가 ‘소설다운’ 소설을 능가하는 그 범위를 보여준다.

　발자크에게 있어 소설이란 사상·감정·종교·습관·입법·예술·직업·관습·지방색 등, 그 시대 삶을 구성했던 모든 것에 대한 거의 총체적인 실험의 틀이자 구실이었다.

G. 상드, 《발자크 총서》, 제9권. p.II

마찬가지로 보들레르는 풍속 소설과 같은 "이런 천한 장르"를 "호기심을 유발시키면서 숭고하고도 경탄할 만한 것"으로 만들어 낸 것에 대해 발자크를 치켜세운다.(《전집》에 수록, p.692) 발자크의 열광적인 숭배자 바르베 도르빌리는, 1854년 《발자크의 생각과 격언》이란 책의 서문에서 끝없는 찬사를 늘어놓는다. "대중과 우리에게 있어 발자크는 19세기 작가들 가운데 무한한 재능을 지닌 한 명의 소설가인 것이 아니라 19세기의 소설가 그 자체였다. 사고와 작업의 영역에서 그의 옆에 나란히 견줄 만한 자는 아무도 없다."(《발자크 총서》에서 인용, 제7권, p.I-II)

소설이 순수 문학에 속하는 문제는 시기에 따른 장르들의 서열에 달려 있다. 그러나 또한 문학 작품의 문체적 자질의 기능일 수도 있다. 그와 같은 이유로 고티에는 "낭만주의의 신 가운데 한 명"으로 인정받고자 하는 욕구 때문에 발자크가 자신의 문체에 대해 고심했던 것을 설명한다. 여기서 발자크의 문체에 관해 고티에가 시도한 독창적인 분석을 강조해야겠다. 생트 뵈브가 전통적인 규범에 순응하지 않는다고 그를 비난하면서 "온갖 뉘앙스가 표출되고, 민감하고, 화를 잘 내고, 미풍양속을 해치는"(p.314) "감미로운 붕괴"라고 그의 문체를 묘사한 반면, 그 분야에 정통한 고티에는 '절대적인 현대성'과 완벽한 일치를 이루는 데 발자크의 문체의 미(美)가 있다고 본다. 이러한 현대성을 언급하기 위해서는 특수한 언어를 만들어 낼 수밖에 없었던 것이다. "비록 자신은 그렇게 생각하지 않았지만, 사실 그는 아주 아름다운 문체를 가지고 있었다. 그것은 그의 생각을 표현하는 데 꼭 들어맞는, 절대적으로 꼭 필요한 문체였다."(제9권, p.28) 발자크의 글쓰기에 관한 문제는 확고하게 말할 수 없는 만큼 우선적인 비평의 대상으로 남을 것이다. 그러나 고티에는 밤마다 밀려 있는 원고를 교정하는 일을 하는 발자크를 고된 노동과 완벽에 이르고자 하는 열정으로 희생된 첫 번째 영웅이자 순교자로 묘사한다.

"위대한 인물들은 스스로 동상의 받침대를 만든다. 동상은 미래에 세워진다"라고 빅토르 위고는 발자크의 묘비에서 말했다. 1850년부터 그 동상의 윤곽은 희미하게 드러나기 시작했고, 로댕은 그 작업을 실행에 옮기기만 하면 되었다. 그러나 그 작업은 마침내 비평계가 발자크에 대한 작가들의 평가에 귀를 기울이게 되는 세기 말이 되어서야 비로소 실현된다.

2. 다른 것과 같은 것: 졸라의 발자크

1880년대에 들어와서 발자크의 중요성에 대한 이의 제기는 전혀 없었다 하더라도 그의 작품은 아직 의심할 여지없는 불후의 기념비가 되지는 못했다. 당시 이미 오래된 피에르 라루스사전(1866-1878)이나 바페로 문학사전(1884)과 같은 그 시대의 백과사전들에서는 발자크의 다작성과 현실을 관찰하는 능력에 일제히 찬사를 보낸다. 하지만 그 찬사는 "자신에 대한 확신과 끝없는 창작의 샘을 가진, 대중의 기호를 사로잡을 능력이 있는 풍부한 정신의 소유자"(《문학 사전》)라고 얘기한 바페로의 묘사처럼 다소 모호하다. 사람들은 '극단적인 성급함'으로 인해 그의 문체가 타격을 입는다고 지적하고, 그가 현실의 일부분만을 묘사하고, 또한 그 현실에 너무 암울한 이미지를 부여한다고 비난한다. 발자크는 아직 고전이 되지 못하고, 그의 작품은 미학적 논쟁들의 대상이 될 뿐이다.

이상이 졸라가 감명 깊게 읽은 발자크이며, 따라서 그는 자신의 문학 프로그램을 구성할 때 발자크의 총서와 차별화되도록 많은 신경을 썼다. 그의 첫 소설들이 발자크의 것과 아주 비슷한 만큼 더 많은 신경을 쓰지 않을 수 없게 된다. 다시 말하면 《루공 집안의 운명》은 《피에레트》와 상당 부분이 유사하다. '서문'을 읽고 난 뒤, 1869년에 그는 '발자크와[자신과]의 차이점들'을 강조하는 한 비평서를 쓴다. 사회 전체를 비추는 거울이나 거대한 프레스코화의 모델이 되는 것을 거부하고, 그는 자신의 작품에 더욱 제한된 틀을 부여해서 사회적이라기보다는 과학적인 작품을 만들고자 한다.

나의 작품은 완전히 다른 것이 될 터이다. 내 작품의 틀은 더욱 제한적인 것이 될 터이다. 나는 현재 사회를 그리고 싶지 않다. 그러나 단 하나의 가계(家系)가 환경에 의해 변형되어 가는 모습을 보여주고 싶다. 비록 역사적인 면을 수용할지라도 그것은 단지 움직이는 환경을 보여주기 위해서이다. 직업과 거주지까지 환경에 속하기 때문이다. 내 주요 관심사는 순수한 자연주의자, 순수한 생리학자가 되는 것이다. 원리들(군주제, 가톨릭교와 같은)을 택하는 대신 (유전과 같은) [과학적] 법칙을 택할 것이다. 나는 발자크처럼 잡다한 인간사에 어떤 결정을 내리고 싶지도 않을 뿐더러 정치가나 철학자 혹은 윤리학자가 되고 싶지도 않다. 단지 나는 과학자인 것에 만족하고, 내밀한 원인들을 탐구해 가면서 그것에 대해 이야기하는 데 만족할 것이다. 결론을 얘기하자면 한 혈통을 움직이게 하는 내적인 역학 구조를 보여주면서, 그 가계의 다양한 사건들을 간략하게 보여주는 것이다. 심지어 어떤 예외까지도 나는 수용한다.

나의 등장 인물들은 특정 소설들에서 다시 등장할 필요가 없다.

E. 졸라, 《발자크와 나의 차이점》, 《루공 집안의 운명》의
고증본에서 인용된 육필 노트, G. 구르댕 세르브니에르,
제네바, 스트라테지크 코뮈니카시옹 SA, 1990

이처럼 졸라는 발자크와 연계하면서, 그리고 반대하면서 자신의 문학 계획을 정의한다. 이때 발자크는 사회를 그리는 화가로 인식된다. 그러나 그의 관찰력은 충분히 과학적인 것이 아니고, 원칙들 위에 근거를 두고 정치적이고 종교적인 의미 작용을 부여하려고 애쓰느라 그 관찰력은 마멸된 것으로 인식된다. 1869년에 다시 졸라는 의도된 의미들과 독자가 작품을 읽으면서 해독하는 의미들 사이의 괴리를 강조하는 평론을 쓴다. "깃발 위에다 그는 **왕권, 가톨릭교**라고 썼다. 우리 아이들은 그 단어를 보고 **공화국**이라고 읽을 것이다. 그의 전 작품은 '귀기울이지 마시오' 라고 외친다. 그는 자신에게 거짓말을 한다. 그는 미래를 위해 일했고, 보편적 민주주의에 관해 처음으로 입을 열었기 때문이다."(데이비드 벨로, 《발자크 비평》에서 인용, 옥스퍼드 클라랜던 출판사, 1976, p.121) 문학적으로 발자크와의 차별화를 강조하는 바로 그 시기에도 졸라는 정치적으로는 그를 자신에게 접근시키는 비평을 했다. 정치적 우호 관계는 완수해야 할 작품에 그만한 위험을 주지 않기 때문이다.

졸라가 1880년 《실험 소설론》과 1881년 《자연주의 소설가》에 정리해 놓은 비평 평론들에서 묘사한 발자크는 완전히 다른 모습이다. 이번에는 호되게 공격당하고, 또 열렬한 변호를 받는 자연주의의 동기를 원조하기 위해서이다. 발자크의 제자이자 사실주의 그룹의 주동적 멤버인 샹플뢰리가 발자크가 죽기 전에 그랬던 것

처럼, 그 이후 1856년에 발자크가 "소설에 과학을 도입했다"고 생각했던 플로베르가 그랬던 것처럼, 졸라는 발자크에게 '자연주의자' 로서의 자격을 부여한다. 그는 발자크에게서 후대의 모든 소설가들에게 영향을 끼칠 정도로 지배적인 '현대 소설의 대가' 로서의 모습을 발견한다. 그리고 졸라는 "생트 뵈브가 결코 이해하지 못했던 능력의 소유자, 그가 말하는 문학의 무월 18일을 성취했던 발자크, 또한 진정한 세기적 인물이기도 한 그 발자크"를 제대로 볼 줄 몰랐던 생트 뵈브를 비웃는다.(《비평론》, 1879, 《실험 소설론》에 수록, 가르니에-플라마리옹, 1971, p.298) 그리하여 졸라는 단지 연대기적 이유 때문만이 아니라 미학적인 이유도 포함해서 발자크를 스탕달과 플로베르 사이에 위치시킨다. 그러나 소설 속에서 자신의 심리학적 이론들을 적용하기만 한 스탕달과 생리학자와 과학자로서의 면모를 가지고 있는 발자크 사이에는 '깊은 심연' 이 존재함을 강조하는 것도 잊지 않는다. 졸라는 진보적인 것으로 인식되는 문학적 발전 속에 발자크의 자리를 마련해 준다. 이러한 진보라는 것은 문학 작품의 과학성의 정도에 따라 결정되는 것으로, 플로베르가 발자크를 계승하고 완성시키는 문학 운동이다. 그러나 결국 위대한 선구자의 자리는 다름 아닌 발자크에게 돌아가며, 모든 것이 시작되었던 것은 바로 그로부터였다.

무엇보다 그는 "어느 누구에게도 아부하지 않고 그 자신의 삶과 재능·영광에만 관심이 있는, 자신의 조국에 헌신하되 그로부터는 아무런 대가도 원치 않는, 모든 계약에서 자유로운" '해방된' 작가라는 의미에서 최초의 현대적 작가이다.(《문학 속의 돈》, 1880, p.197) 이 새로운 입지는 돈과의 새로운 관계, 즉 낭만주의적 경멸의 시기가 지난 뒤에 다른 모든 노동처럼 보수받을 가치가 있는 문학적 노동의 복권을 암시한다. 그러나 또한 발자크는 졸라에게 있어 돈에 의해 결정되는 역할의 반대편에 서 있는 사람의 본보기가 되기도 한다. 현대 작가는 계속해서 쓰고 또 써야 하는 선고를 받은 사람, "한 가구를 만들면 또 다른 가구를 만들어야 하는 고급 가구 세공인처럼 한 권을 끝내면 또 다른 책을 써야 하는" 선고를 받은 사람인 것이다. 졸라가 형제처럼 생각하는 발자크의 모습은 높은 고열 속에서도 막대한 작품을 써야만 했던 작가이자 동시에 작가의 권리를 위해 싸우고, 1837년에는 '문인협회'를 설립하고, 이후 운영에도 능동적으로 참여했던 인물이다.

발자크는 문학에 과학자의 방식을 처음으로 도입했던 작가이기도 하다. 졸라는 환경과 상황에 똑같이 몰두한다[4]는 점에서 발자크의 방식을 텐의 것에 비교한다. 졸라는 발자크와 함께 '새로운 문학 정신'이 태동한다고 본다. 이것은 자연스러운 역학 구조를 연구하고 작품들을 가능한 가장 진실에 가깝게 밀고 나감으로써 "세상과 인류애를 새로 그리기"를 원하는 모든 사람들을 고무시킨다. (《실험 소설론》, p.204) "자기가 살고 있는 시대를 과학적으로 조사하는 분석가"로서 글을 쓰는 발자크는, 졸라가 자연주의적 혹은 실험적이라 규정하는 데 주저하지 않는 방법의 첫번째 본보기를 제시했던 거장이다.

졸라는 여러 번 《사촌누이 베트》의 예를 든다. 이 작품은 발자크가 "사랑에 쉽사리 빠지는 한 남자의 기질이 자신과, 그의 가족과, 그리고 사회에 몰고 온 혼란"을 관찰함을 보여주는 소설이다. 이

---

4) D. 벨로의 《발자크 비평론, 1850-1900, 명성만들기》에 따르면 졸라가 발자크를 알게 된 것은 텐을 통해서이다. 제6장, 〈에밀 졸라의 영향〉.

작품에서 발자크는 "윌로 남작의 정열의 메커니즘이 작동하는 것을 보여주기 위해 그에게 다양한 환경을 겪도록 만들면서 일련의 시험을 거치게" 만든다. 졸라는 문학 분야에서 실험이란 개념에 자신이 부과하는 분명 특수한 의미로 이 실험이 관찰의 연장선상에 있음을 이 소설을 통해 증명하려고 애쓴다. 즉 소설은 "소설가가 대중의 눈앞에서 반복하는 경험의 조서(調書)"와도 같다는 것이다. 이렇게 해서 발자크는 그를 참조 모델로 삼는 자연주의 소설가들과 똑같이 '실험하는 모럴리스트'로 규정될 수 있다.

발자크가 이렇게 실험 소설의 원인에 가담하게 되는 것은 문학 비평 평론에서가 아니라 이론 텍스트에서이다. 물론 이 책은 1880년대 문학적 논쟁에서 담보가 되어 버린 발자크보다는 졸라와 자연주의에 관한 것이다. 그러나 발자크를 자연주의의 선구자로 만들기 위해서는 어떤 힘을 실어주어야 했다. 이는 졸라도 자각하고 있던 것이었다. 즉 발자크 안에서 '현실 감각'을 가진 자를 끄집어내어, 그를 낭만주의 발자크와 구별시키는 것이다. 낭만주의적 발자크는 "거대한 꿈과 독특한 것들을 지어내는 것"을 좋아하고, 그의 영웅들을 거인의 규모로 키우며, 모든 소설에서 자신의 존재를 드러낸다.(《소설론》《실험 소설론》에 수록, p.217) 졸라는 이러한 발자크의 '환상 효과'를 좋아하지 않으며, 플로베르의 작품을 분석할 때에도 이것을 부정적 비교의 극치로 삼는다. 따라서 이때 자연주의자로 인정받는 것은 발자크가 아닌 플로베르이다.

졸라가 가장 인정하는 발자크의 모습은 그 속에서 그(졸라)가 자신의 모습을 발견하는 사람, 원래는 그 사람(발자크)의 것인 목표를 자신이 빌려온 사람, 자신과 같은 문학열을 지닌 사람, 또한 자신과 같은 몰이해를 받았던 사람이다. 그래서 졸라가 《볼테르》지에 두 명의 비평가에 관한 두 개의 평론을 실은 것은 자연주의 소설이 시달린 것과 똑같은 우스꽝스럽고 악의에 찬 비판이 과거에도 저질러졌다는 것을 증명하기 위해서이다. 그 중 한 명은 쇼드제그처럼 잊혀진 비평가이고, 다른 한 명은 쥘 자냉처럼 비평계의 왕자로 평가받는 사람이다. 《쥘 자냉과 발자크》란 평론은 다음과 같은 돈호법으로 끝을 맺는다. "자, 왕자여, 나는 다음날 저 깊은 망각 속으로 사라진 것이 당신이라고 생각하오. 더 이상 아무도 당신의 소설을 읽지 않고, 40여 년간의 당신의 비평 인생은 우리의 문학사에 그 어떤 흔적조차 남겨놓질 않았소. 발자크로 말하자면 그는 우뚝 선 채 매일매일 더욱더 자란다오."(《비평론》, p.319) 이렇듯 졸라는 발자크에게서 단지 아버지와도 같은 후견자의 모습뿐만 아니라 미래의 자신의 이미지까지 발견한다.

발자크에 대한 졸라의 비평은 발자크의 수용에 있어 중요한 단계를 표시하는 것이다.(D. 벨로, 《발자크 비평론》) 졸라의 비평은 한편으로는 발자크에게 사실주의의 선구자적 역할을, 그의 작품에게는 '혁신적인' 의미를 부여한다. 다른 한편으로는 졸라가 발자크에게 진보적 형제애를 느끼는 것과 자연주의학파에 발자크를 병합시키는 것은 모순적인 결과를 야기시킨다. 즉 자연주의자들에게 적대적인 비평이 발자크와 졸라의 서로 다른 점과, 또한 발자크를 졸라보다 더 존중받는 작가로 만드는 모든 것을 부각시키게 하는 결과를 가져온 것이다. 그리하여 데이비드 벨로는 다음과 같은 예기치 않은 결론을 끌어낸다. "발자크는 자연주의자가 되지 않기 위해서 고전이 되었다."(p.98)[5] 졸라 같은 작가가 발자크를 문학의 전위에 결속시키는 동안, 문단은 그를 거기에서 떼어내어 몰리에르에 근접시킨다. 발자크는 논쟁에서 벗어나 정당하게 인정받고 이제 고전이 된다.

3. 과거에 대한 조명: 프루스트의 발자크

발자크가 그리고 싶어했던 이 세기의 전환점에서 프루스트가 읽은 발자크의 작품은 어떤 것인가? 그가 우리에게 읽게 만드는 발자크의 작품은 어떤 것인가? 여기서는 발자크 소설의 독자인 프루스트에 관한 전기적인 조사를 한다던지, 혹은 확실치 않은 발자크의 영향을 조사하는 것이 아니라 단지 프루스트의 눈에 비친 발자크 작품의 특징이 어떻게 정의되는지를 살펴볼 것이다. 우선 어느 부분에서 발자크를 참조했는지를 짚고 넘어가도록 하자. 먼저 1903년과 1908년 《르므안의 사건》의 모작(模作)들에서이다. 이것은 1919년 한 권의 책으로 다시 묶여지면서 발자크 모작의 길을 열게 된다.[6] 다음은 프루스트가 생트 뵈브에 반대해서 세운 미학적 고찰의 중심에서이다. 이것은 《생트 뵈브에 대한 반론》이라는 제목으로 출판되었다. 마지막으로 《잃어버린 시간을 찾아서》에서 발자크 소설을 읽는 등장 인물이 내레이션하는 장면에서이다. 발자크의 모습은 이렇게 서로 다른 추론적 형태로 포착되며, 우리가 살펴볼 것은 이런 차이점들의 효과들이다.

---

5) 발자크는 자연주의자가 되지 않기 위해서 고전이 되었다(Balzac become a classic to save him from being a Naturalist).

6) 프루스트가 《모작과 잡문》이라 제목을 붙인 이 책은, 모작들 외에도 서문들과 에세이 · 단편 소설들을 담고 있다. 이것은 같은 제목으로 《생트 뵈브에 대한 반론》과 함께 재구성한 P. 클라라와 Y. 상드르 판본(갈리마르, 플레야드 판)의 참조가 된다.

프루스트에게 '진행중인 문학 비평'이며, 그의 카타르시스적 효력을 발휘하기 위해서 글쓰기에 반드시 선행되는 모작(模作)에서 발자크가 처음으로 연장되고 있음을 발견할 수 있다. 《르므안의 사건》의 모작들은 프루스트가 《생트 뵈브에 대한 반론》의 계획을 구체화시키기 이전인 1908년에 발간되었지만, 이 책과 밀접하게 연관되어 있다. 《르므안의 사건》의 첫번째 이야기는 '발자크의 소설에서' 전개된다. 사건은 데스파르 후작부인의 저택에서 열린 사교 파티가 진행되는 동안 상기된다. 이 파티에서는 '반복 출현하는' 많은 인물들과 함께, 무엇보다 《카디냥 공주의 비밀들》의 주인공들인 공주와 다르테즈가 등장한다. 자존심에 상처를 입히는 대화가 주로 오가는 장면 다음에 자칭 긴 설명이 그뒤를 잇는다. 이것은 마치 사회면 기사에 역사적 차원을 부여하는 것과도 같다. 프루스트는 겉으로는 예의바르게 주고받는 대화가 어떤 내밀한 드라마를 감추기 위한 것이거나, 혹은 뿌리 깊은 갈등의 전주곡으로 사용되는 발자크적 사회를 20세기 초반으로 옮아온다.

모작은 특히 문체에 관련된다. 《인간 희극》 전체에서 같은 인물들의 반복적인 등장이 발자크의 텍스트에 부여하는 메아리 효과는 여러 소설들에서 암시적으로 모방되었다(《골동품 진열실》을 보라). 이렇게 모작은 발자크 텍스트에서 반복적으로 사용되는 몇 가지 공식들을 첨삭하는 동안 포화 상태에 이르게 된다.(G. 주네트, 《팔램프세스트》, 쇠이유 출판사, 1982) 이 반복되는 공식들은 여러 번 사용되는 동안 독자에게 말걸기, 다른 인물에 동화시킴으로써 어떤 인물을 규정하는 은유, 등장 인물들의 의도들을 명확하게 규정짓기, 그럴듯한 일반화 등과 같은 문체적 습관으로 굳어진다. 모작은 발자크적 세계와의 밀접한 친숙함을 토대로 그의 글쓰기에

모작된 발자크 소설

• "1907년이 저물어 가는 어느 달, 데스파르 후작부인의 저택에서 파리 귀족 엘리트(탈레랑의 말에 따르면, 유럽에서 가장 우아한 베네방의 왕자이자 주교인 사교적 성격의 로제 바콩이다)가 재촉하고 있는 동안 마르세와 라스티냐크, 펠릭스 드 방드네스 백작, 레토레 공작, 그랑드리외 공작, 아당 라진스키 백작, 옥타브 드 캉 부인, 더들리 경은 카디냥 공주의 주변을 빙 둘러싸고 있었다. 그러나 그것이 후작부인의 질투심을 자극하지는 않았다. 이것이 이 집 안주인의 위대함 가운데 하나가 아니던가? 사교계에서 성공한 이 카르멜회의 신자는 자신의 라이벌들이 가장 자극적인 장식이 될 수도 있는 이 살롱을 유지시키기 위해서 필요하다면 자신의 멋이나 자신의 자존심, 심지어 자신의 사랑까지 포기해야 한다. 그것만 봐도 그녀를 성녀들의 대열에 올릴 수 있지 않는가? 이 사회의 낙원에서 귀중하게 얻은 그녀의 몫에 대한 자격이 있지 않는가? 블라몽 쇼브리 가문의 출신으로 나바랜 가문과 레농쿠르 가문, 숄리외 가문과 친척 관계에 있는 이 후작부인은 새로운 인물이 도착할 때마다 손을 내밀고 있었다. 클로드 베르나르와 함께 우리 시대의 가장 위대한 현자(賢者)이자 라바테르의 제자였던 데플랭은, 그 손짓이 자신이 지금껏 관찰해 왔던 것 가운데 가장 깊이 계산된 행동이라 생각했다."(《르므안 사건 I》《발자크의 소설에서》, pp.7-8)

• 또 다른 모작의 첫 구절을 인용해 보기로 하자. 이것은 앞서 인용한 모작보다 더 오래된 것으로 1903년 《피가로》지에 실렸던 것이다. 덜 알려져 있으나 현재에도 여전히 읽혀지는 이 모작은 다음과 같이 시작된다:

〈마들렌 르메르 부인의 살롱〉

발자크가 만일 우리 시대에 살았더라면, 이 소설을 다음과 같이 시작했을 것이다:

"메생 가에서 쿠르셀 거리나 혹은 오스만 대로로 가기 위해서 여러 인물들이 몽소라 불리는 거리로 접어든다. 앙시앵 레짐의 위대한 귀족들 중 한 명의 이름을 딴 이 몽소 거리에는 예전에는 그의 개인 소유였던 정원들이 이제는 공원이 되어 있다. 과거를 이해하려 하지 않고 헐뜯는 습관이 소위 오늘날의 자유사상가라는 사람들의 불치의 괴벽은 아닐지라도, 이 현재는 분명 과거의 그 인물을 질투나게 할 것이다. 앞서 말한 이 인물들은 몽소 거리가 프리드랑 대로로 이어지는 메생 가로 갈라지는 지점을 걸으면서, 생리학자의 용어를 빌려서 말하자면 과거의 생존자인 아르카이크 스타일의 한 독창적인 건물을 감탄스레 쳐다본다. 이 건물은 예술가들에게는 기쁨을, 기술자들에게는 절망을 안겨주는 그러한 것이다(…)."

관해 아주 정확하면서도 일면 직관적이기도 한 분석에 기반을 둔다. 이렇게 소개된 발자크는 우선은 한 권의 텍스트이며, 하나의 세계일 뿐 아니라 하나의 글쓰기이기도 하다. 그리하여 발자크란 인물은 작가-화자로서 그의 작품을 통해서만 지각된다. 이 모작으로부터 조물주 발자크라기보다는 소설적 서술 형태의 창안자 발자크가 나타난다. 그 둘 사이의 차이는 무척 큰 것이다.

《생트 뵈브에 대한 반론》의 비평 담론은 모작들의 기초가 되는 소설들의 분석과 함께 어떤 비판을 수반한다. 프루스트는 발자크가 우리에게 현실을 직접적으로 보게 하는 것을 단점으로 지적한다. 현실을 변형시키는 대신에 발자크의 글쓰기는 그것을 해석한다. 프루스트는 발자크가 등장 인물들의 행위들을 "규정짓고" "설명하고" "요약한다"고, 다시 말해서 "보여주는 대신에 말한다"고 그를 비난한다. 그러나 그는 인물들의 대사에 관해서는 예외를 적용한다. "역사적·예술적 관점 등을 순진하게 열거하는 이 사람은 가장 심오한 그림은 숨긴 채 그 등장 인물들의 말로서 그 그림의 진실을 스스로 말하도록 내버려둔다. 그 진실이 파악되지 않을 수 있을 만큼 아주 미묘하게 말이다……."(p.272)

비평은 어떤 이론을 토대로 이루어지는 만큼 서로 분리될 수 없다. 프루스트는 자신의 고유한 미학적 개념을 돋보이게 하기 위해서 생트 뵈브를 이용한다. 즉 프루스트는 발자크의 위대함을 전적으로 무시했다며 생트 뵈브를 비난한다. 그가 발자크를 사회적 인간으로 판단함으로써 그의 가장 훌륭한 장점들을 오히려 결점으로 파악할 만큼 작가와 작품에 대해서 비극적인 큰 오류를 범했다는 것이다. 그(생트 뵈브)는 "발자크가 보여주는 그림의 무한함과 다양성까지도 비난하는 것 같다."(p.275-276) 이러한 비평은 프루스트가 작품을 분석할 때 적용시키는 구분, 즉 작가의 자서전적 인물과 작가 자신 사이에 필요한 구분에 관한 그의 이론적 성찰의 버팀목이 된다.

프루스트가 《생트 뵈브에 대한 반론》에서 발자크에게 내린 첫번째 비판은 "삶과 문학의 승리를 같은 도면 위에서" 찾는 인간에 관해서이다.(p.265) 그러나 이 비난은 작품에까지 미치지는 않는다. 왜냐하면 여기에서 반대로 진실에 대한 그의 능력의 근원일지도 모르는 것을 발견하기 때문이다. 그러나 그는 사람과 작품 사이에, 서한문과 소설 사이에, 현실과 문학 사이에 그 경계가 충분히 견고하지 못한 것을 유감스럽게 생각한다. 따라서 삶과 작품 사이에서 이런 혼동을 조장하고 적용한 것은 발자크가 처음인 만큼 생트 뵈브가 그렇게 잘못한 것은 아니라고 생각할 수도 있다.

프루스트가 발자크를 비난하는 것은, 생트 뵈브가 발자크의 작품을 고품격 문학으로 인정하기를 거부하는 것만큼이나 중대한 일이다. 그러나 그의 비난은 문학 작품의 미학적 차원과 자치권을 인식하지 못한 것에 있는 것이지, 생트 뵈브가 지적한 것처럼 너무 큰 야심을 열망한 것에 있는 것은 아니다. 프루스트가 제기한 다른 결점들은 예술로서의 문학의 특수성에 대한 인식 부족에서 기인한다. 우선 문체가 없다는 점이다. 하지만 착각해서는 안 된다. 발자크가 이렇게 비난받는 것은, 흔히 그러하듯이 글을 잘 쓸 수 있는 능력이 없다는 것이 아니라 현실의 독특한 비전을 표현하는 능력이 부족하기 때문이다. "문체는 작가의 생각이 현실에서 변형되는 표시인 만큼 발자크 작품 속에는 솔직히 말하자면 문체가 없다."(p.269)

바로 이 부분에서 과연 《생트 뵈브에 대한 반론》의 비평적 비판들이 발자크의 작품을 읽고 모작하는 독자 프루스트가 아닌, 작가 프루스트의 공적이라는 사실이 가장 잘 드러난다. 왜냐하면 발자크를 좋아하면 이 모든 비평들은 사라지고, 그 부정적인 성격마저 잃어버리기 때문이다. "사람들은 애정이 뒤섞인 약간의 아이러니를 품고서 그를 좋아한다. 사람들은 그의 결점들과 빈약함을 잘 알고 있지만, 그것들이 발자크를 특징짓는 것이기에 오히려 그 결점들마저 좋아한다."(p.272) 프루스트가 비난하는 것은 그의 고유한 미학적 원리들이다. 그러나 독자로서 프루스트는 발자크의 글쓰기를 독특하고 색다른 것으로 받아들인다. 발자크의 고유한 문체를 흉내내는 모작을 쓴 것은 약간 비꼬긴 하지만 애정어린 독자로서의 작업이다.

《생트 뵈브에 대한 반론》에서 전개된(그리고 미완성된) 발자크에 관한 담화들은 분명 잘 알려진 비평에 반대해서, 더 일반적으로 말하자면 발자크에 관해 통상적으로 적용되는 평가들에 반대하거나 혹은 약간 비켜서 있다. 몇 가지 서술적 전략들은 다음과 같이 간략하게 묘사되어 있다.

> 발자크 소설을 설명하자면(《황금빛 눈의 소녀》《사라진》《랑제 공작부인》 등) 느린 준비 과정, 서서히 조여지는 주제, 갑작스럽게 마무리되는 결말이다. 또한 각각 다른 시대들의 용암들이 뒤섞여 있는 지대에서와 같은 시간의 중첩(《랑제 공작부인》《사라진》)을 들 수 있다.
>
> M. 프루스트, 《생트 뵈브에 대한 반론》(p. 289)

중요한 점은 "그의 모든 소설들에 동일한 인물들을 등장시켰던 발자크의 이 놀라운 창의력"이 독서에 미치는 효과들에 있다.(p. 274) 우선 한 인물이 《인간 희극》의 또 다른 순간에 재등장할 때 그 인물의 말과 행동으로 얻어지는 심오함을 들 수 있다. 능동적으로 한 소설과 다른 소설을 연결시켜 주는 이와 같은 독서는 새로운 의미들을 낳게 한다. 프루스트는 이것을 '아주 특수한 심리학'에다 결부시키는데, 이는 지금까지 그 누구에 의해서도 행해진 바 없는 시도였다. 그가 보기에 이에 대한 가장 좋은 예는 《환멸》의 결말 부분에서 보트랭이 폐허가 된 라스티냐크 성 앞을 지나면서 "동성애에 대한 〈올랭피오의 슬픔〉"을 부르는 장면이다.(p. 274) 이처럼 각 행들 사이에, 소설들 사이에 새로운 해석을 내포할 수

있는 것은 바로 소설 중의 소설인 《인간 희극》이다. 비록 프루스
트가 발자크의 작품을 총체성의 관점에서 고려한 첫번째 인물은
아니라 할지라도, 그 속에서 해설적인 결론을 끌어낸 첫번째 인물
이다. 그는 처음으로 "살과 감정의 신비한 법칙들"(p.277)을 드러
내어, 《인간 희극》 전체가 만들어 내는 아련한 메아리들로 열려진
잠재적 해설에 연결시켰다. 이렇게 그는 수많은 해설들을 생성시
키고 독자를 자극해서 그의 책에서 눈을 들어 스스로를 돌아보게
만드는 발자크 작품의 능력을 강조한다. 위대한 책들은 바로 '자
극' 이다.(《독서의 나날들》《생트 뵈브에 대한 반론》, p.176)

발자크의 작품은 독서에 대한 성찰과 분리되어질 수 없다. 《생
트 뵈브에 대한 반론》부터 등장했으며, 발자크의 작품을 문학 작
품으로 읽지 않는다는 공통점을 가진 독자로서의 등장 인물들이
이를 증명한다. 즉 어떤 이들은 그가 그린 풍속화의 정확성을 부
인하는가 하면, 다른 이들은 "상상력과 관찰력에 대한 단순한 흥
미"만을 보일 뿐이다.(p.279) 이런 식의 독서는 분명 발자크 작품
에 대해서 "실제 삶(우리 생각에는 실제 삶인 것 같지 않지만)과 소
설 속에서 보여진 삶(작가에게 진실된 유일한 것) 사이에 구분"(p.
266)을 하지 않는다고 성격 규정을 하는 것과 밀접하게 관련되어
있다. 이와 같은 성격 규정은 《생트 뵈브에 대한 반론》의 이론을
위해서도 필수적인 것이다.

발자크의 독자들은 《잃어버린 시간을 찾아서》에 등장하는 독자
들로서의 등장 인물들을 미리 예견하는 것이다. 우리는 빌파리지
부인과 함께 생트 뵈브식으로 발자크를 무시하는 독자를 만나게
되고, 또한 "그때까지만 해도 우리에게 너무 우발적인 것으로 보
였던 삶의 수천 가지 모습들에게 어떤 문학적 가치를 부여하는"

발자크에 심취한 애호가도 만나게 된다.(p.276) 이 독자는 맹목적 숭배라는 과오를 범해 비평 텍스트에서 신랄하게 비난받는다. 샤를뤼 남작으로 구현되어 있는 이 인물은 충분한 재능이 있음에도 불구하고 글을 쓰지는 않지만, 자기 멋대로 해석을 일삼아 텍스트 문장을 왜곡한다. "작위적이지 않은, 뒤에 온 통일성"이라고 《인간 희극》을 분석하는 **화자**는 이런 멋대로의 해석이 오랜 작업의 대가를 치른 후에 글쓰기로 이를 수 있으며, 또한 독자를 작가로 변형시킬 수도 있음을 증명한다.[7]

(…) 발자크가 자기 작품에 타인으로서, 또 동시에 아버지 같은 눈길을 던져 어느 작품에는 라파엘의 정숙함이, 다른 작품에는 복음서의 소박함이 있다고 생각하고, 돌이켜보다 그것에 조명을 던지고 있는 사이에 홀연, 자기 작품을 연결시켜 동일 작중 인물이 여기저기 등장하는 연작으로 만들면 더 훌륭할 거라고 깨닫고, 그 이어 맞추기를 끝내는 가장 고귀한 한 필을 가했을 때와 똑같은 도취감을 (…) 그렇지 않으면 이 통일성도, 표제나 부제를 많이 써서 유일하고 추월적인 의도를 추구해 온 것같이 보이는 범용한 작가들의 수많은 체계처럼 먼지가 되어 무너지고 말았을 것이다. 작위적이지 않은 통일성, 이는 뒤에 온 것인 만큼, 또 이젠 서로 합체할 수밖에 없는 뭇작품 사이에 통일성이 발견되는 그 열광의 한순간에서 생겨

---

7) 발자크에 대한 참조와 비평의 문제와의 관계에 관한 것은 프랑수아즈 반로슘-귀용의 평론 《프루스트와 카디냥 공주의 비밀들, 비평에 대한 현행의 문제들》(클랑시에-게노 출판사, 1982)을 참조할 것. 독자로서의 등장 인물들과 《잃어버린 시간을 찾아서》의 독서 장면에 관한 것은 《이중의 거울, 스탕달에서 프루스트까지 책 속의 책》(아셰트, 1992)을 참조할 것.

난 만큼 더욱 현실적인 통일성인지도 모른다. 지금까지 미처 의식하지 못한 통일성, 따라서 이론만 내세우지 않고, 생명이 약동하고, 다양성을 배척하지 않고, 제작 의욕을 얼게 하지 않던 통일성, 그것은 하나의 주제의 인위적인 전개 때문에 요구된 게 아니고, 한순간의 영감에서 생겨 외따로 작곡된 후에 다른 것에 통합되는 어떤 곡과 같은 통일성(그러나 이번에는 하나의 곡이 아니고, 작품 전체가 문제이지만)이다.

M. 프루스트, 《갇힌 여인》《잃어버린 시간을 찾아서》,
갈리마르, 〈플레야드〉판, 1988, 제3권, p.666-667

따라서 발자크에 대한 독서는 우상 숭배와 그로 인한 미학적 빈곤의 위험을 여실히 드러내는 것과 제멋대로 비평하는 행위에서 스스로 글을 쓰는 행위로 이동하는 것, 이 두 가지이다. 그러나 여기에서 얼른 벗어나는 것이 중요하다. "포기함으로써만 원하는 것을 다시 만들 수 있기" 때문이다.(《되찾은 시간》, 제4권, p.620)《잃어버린 시간을 찾아서》에서 발자크의 모습은 지금까지 살펴본 바와 같다. 바로 자기 것으로 삼으면서 읽는 발자크, '포기하면서' 예를 들어 소설의 구상으로 변형시키면서, 과거를 되돌아보게 하는 요인이기도 한 **화자**에게 늦은 감이 있지만 조명을 비추면서 개작하는 발자크이다.

4. 옛것과 새것: 누보로망의 발자크

누보로망이 적어도 1950년대말부터 1970년대초까지 담론들의 대상으로 존재했다는 가정에서 출발하자. 그로부터 어떤 계획이나 글쓰기의 일관성을 입증하는 것도 아니고, 어떤 '학파'의 존재를 단언하는 것도 아니다. 누보로망이라는 꼬리표의 상황을 나타내는 특징을 부정하는 것도 아니고, 그 꼬리표가 나타내는 윤곽의 불투명함을 부정하는 것도 아니다. 단지 한동안 이런 꼬리표하에 서로 인식하고 다시 집결할 것을 받아들인 몇몇 사람들의 주된 이론적 담론 속에서 발자크적 기준에게 배정된 역할이 어떠한 것이었는지를 알아보는 것이 문제이다.

게다가 현대성에 관한 문제 제기에서 다루어진 발자크에 대한 이번 담론은 작가 비평의 특성을 강조하는 이점이 있다. 초기에 **누보로망**이라 불렸던 것을 둘러싼 논쟁들의 수위가 아주 높았다는 사실에서부터, 발자크는 역사적인 파악이라 낙인찍인 채 어느 정도의 경멸 속에서 소설의 현대적 개념을 밝힌다는 차원에서 읽히고 또 읽힌다. 작가는 이렇게 대학 교수와 분명히 구분된다. 즉 그는 글쓰기에 직접 참여한다는 관점으로 발자크를 읽는다.

우리는 가능한 세 가지 태도를 살펴볼 것이다. 그 중 하나는 과거의 작가 발자크와 1960년대 '현재의' 개념 사이의 간격을 더욱 넓히는 것이다. 이것은 1955년에서 1963년 사이에 쓴 글들을 《누보로망을 위하여》(미뉘 출판사, 1963)에서 다시 모아 출간한 텍스트에서 로브 그리예가 취한 태도이다. 미셸 뷔토르는 그와 반대의 입장을 취한다. 그는 '현대적' 발자크의 모습을 부각시키고, 발자크에 대한 그의 해석을 현실화시키면서 옛 작품과 현재의 작품 사이의 간격을 줄인다. 세번째로 클로드 시몽과 나탈리 사로트의 중간적 태도에서 이중의 예를 살펴볼 것이다. 클로드 시몽은 1985년 노벨상을 획득한 《스톡홀름의 담화》(미뉘 출판사, 1986)에서, 나탈리 사로트는 《의혹의 시대》[8]에서 문학 형식이 시대에 따라 변화·발전해 왔다는 차원에서 볼 때 발자크 시대에서 그의 현대성을 높이 평가한다.

'발자크적'이라는 형용사는 《누보로망을 위하여》라는 제목하에 다시 모아진 평론들 속에서 아주 빈번하게 사용된다. '발자크적 대상들' '발자크적 등장 인물' '발자크적 형태들'과 묘사들, 이렇게 '발자크적 소설'은 과거 소설과 동의어가 된다. 즉 '영원불멸의' 과거 소설이란 "발자크적 등장 인물, 심리학적 줄거리, 초월적인 휴머니즘으로 만들어진 소설"이 될 것이다.(p.144) 발자크 소설에 부과된 이러한 성격은 알랭 로브 그리예로 하여금 발자크의 작품을 때때로 극단적 비교의 대상으로 삼게 하는가 하면, 대개는 자신의 이론을 돋보이게 하는 효과로 이용된다.

소설 속에서 사물의 새로운 입지를 부각시키기 위해서 알랭 로브 그리예는 그것을 현대 세계의 불확실성과는 달리 "인간이 주인이었던 세계," 안정된 의미를 가진, 안정된 세계를 구축하는 "인간적"이고 "마음을 놓이게 하는" 발자크적 사물과 대조시켜 설명한다.(p.119) 그 대립은 발자크적 묘사와 현대적 묘사 사이에서 더욱 뚜렷하다.

묘사는 하나의 장식의 개요를 작품 속에 위치시켜 주는 데 사용되고 있었고, 그 다음에는 그 장식에 있어서 특수하게 나타나는 몇몇 요소들을 밝혀 주는 데 사용되고 있었다. 그런데 그 묘사는 이

8) 《소설에 대한 에세이》란 소제목이 붙여진 이 책은 1947년부터 1956년까지 《레 탕 모데른》지와 《라 누벨 르뷔 프랑세즈》지에 실린 텍스트들을 재구성한다. **NRF**, 갈리마르, 1956.

제 의미 없는 사물들, 혹은 묘사가 있는 그대로 보여주고자 집착하고 있는 사물들에 관한 이야기 이외에는 더 이상 하지 않고 있다. 묘사는 이미 존재하고 있는 하나의 현실을 재현한다고 주장했었지만, 지금에 와서는 묘사의 창조적 기능을 주장하고 있다. 끝으로 그 묘사는 사물을 보여주고 있었다. 그런데 지금은 그 묘사가 사물들을 파괴하고 있는 것 같다.

알랭 로브 그리예, 《누보로망을 위하여》, p.124

발자크의 세계는 이렇게 현실을 그대로 모방한 것으로 그냥 주어진 것이다. 그 주요한 기능은 독자가 세계에서 차지하고 있는 공간에 대해, 또한 이 세계의 통일성과 의미 작용에 대해 독자를 안심시키는 것이다. 이와 같은 발자크적 묘사에 관한 비평은 장 리카르두의 《누보로망의 문제》(쇠이유, 1971)와 《누보로망의 이론을 위해서》(쇠이유, 1971)에서 다시 한번 더 깊이 있게 다루어질 것이다. 그는 발자크의 묘사가 "어떤 의미를 창조하지 못하고, 오히려 대개의 경우 어떤 의미로부터 창조된다"는 점에서 설명적이고 장황하다고 비난하여, 1971년 **누보로망**에 대한 세리지의 학회에서 논쟁에 불을 지핀다.(《누보로망: 어제, 오늘》, **UGE**, 10/18, 1972, p.250-251)

그러나 한편 옛것과 새것의 이러한 충돌은, 소설 형식의 '놀랄 만한' 발전을 고려할 때 《누보로망을 위하여》에서 어느 정도 진정된다. "누보로망은 소설 장르의 끊임없는 발전을 추구할 뿐이다."(p.115) 이리하여 어떤 계보가 플로베르 · 프루스트의 소설과 누보로망 사이에 세워진다. 그래서 현대성은 논리적으로 이전의 소설가에게로까지 그 이론이 확장된다. "플로베르는 1860년대의 누보로망을, 프루스트는 1910년대의 누보로망을 썼었다. 작가는 '영원한 걸작이란 없다. 단지 역사 속에 여러 작품들이 있을 뿐이다'라는 것을 앎으로써 자기 자신의 연대를 짊어지고 있다는 것을 자랑스럽게 받아들여야 한다."(p.10)

이상하게도 이런 이론이 발자크 이전까지는 고려되지 않을 뿐더러 모든 소설 형식의 발전에서 그를 떼어 놓는다는 것이다. 로브 그리예는 소설의 발전이 "발자크 자신의 시대에 즉시" 시작되었다고 생각한다. 그리고 《파름의 수도원》의 묘사를 읽고 발자크가 당혹감을 드러내었던 것을 예로 든다. 발자크(가끔 라파예트 부인과 연관되기도 한다)는 소설 형식들을 정한 것이 바로 그이기 때문에 소설 형식의 역사에서 제외되고, 통용되는 소설의 절대적 기원으로 인식된다. 따라서 문제는 발자크 자신의 시대의 현대성에 적합한 권리를 그에게 인정하자는 것이 아니다. 이것은 그 점에 대해 그를 못마땅하게 여기기 위해서이고, "발자크 소설과 부르주아지의 승리 사이의 밀접한 관계"(p.34)를, 또한 '발자크적' 소설이 얼마나 케케묵은 이데올로기, 예를 들자면 "심오함의 낡은 신화"(p.22)에 의존하는가를 확인하자는 것이다. 이렇게 이야기의 질서는 합리적이며 조직적인 "하나의 전체, 즉 체계의 개화가 부르주아 계층에 의한 권력의 장악에 해당하는 체계 전체와 연결되어 있는" 것이다.(p.31) 심지어 "전지전능하고 어디에나 현존하는 화자"는 "인간이 모든 것의 이유였고, 우주의 열쇠를 손에 쥐고, 우주에 대해서 신성한 권리를 가진 자연적인 주인이었던"(p.119) 세상의 개념을 증명한다. 마르크스주의적 전제 사항들에 도움을 청하는 것은 발자크의 유죄를 인정하고, 소설사 밖으로 그를 추방하는 것이나 다름없다.

그러나 문제는 이데올로기적 논쟁 속에 있는 것은 아닌 듯하다. 이런 유죄의 이유들은 우선 미학적인 차원들이다. 로브 그리예가 정열적으로 거부하는 것은 발자크적 모델이다. 다시 말해서 전통적인 비평에 의해 규정된 규범적 모델로서의 발자크 말이다. 그리고 발자크는 자신이 치밀하게 구상한 소설 모델로 만들어질 수 있는 좁은 의미의 소설 개념에 스스로 동화된다. 이러한 관점에서 유일한 정확한 참고 서적이 《고리오 영감》이고, 《인간 희극》은 발자크 총서의 제목 외에 그 어떤 것으로도 생각할 수 없다는 것은 무척 의미심장하다.

게다가 발자크적 모델은 비평의 발전에 있어 하나의 규범일 뿐만 아니라 미래의 비평을 예상케 한다. 따라서 그것(발자크적 모델)은 20세기 독자가 현대 소설들에 적용시키는 '케케묵은 해석의 틀'에 대한 책임이 있는 것으로 고려된다. 비평계에 있어서의 평가의 틀이자 독자들에게 있어서는 해석의 틀이 된 발자크의 작품은 이제 그것들로 만들어진 관습 뒤로, 초기 창작 원리가 되었던 이 풍자화 뒤로, 즉 발자크적 모델 뒤로 사라진다.

《소설에 대한 에세이》(NRF, 갈리마르, 〈이데〉 시리즈, 1969)에서의 미셸 뷔토르의 생각은 개혁적이긴 하지만 결코 논쟁적이지 않고, 또한 주로 교육 원리에 관련된 《목록》이란 4권의 책 속에 모아진 그의 비평 작업들은 로브 그리예의 선언적 텍스트와는 무척 상이한 모습이다. 따라서 우리는 발자크에 대한 그의 언급이 상당히 다른 방식으로 이루어질 것임을 이해하게 된다. 또한 발자크에 대한 언급이 그토록 빈번한 것은 놀랍기까지 하다. 많은 소설들이 다양한 분석(소설과 시에 대한 분석, 소설의 공간에 대한 분석, 소설적 기법이나 사물로서의 책에 대한 분석)을 뒷받침하기 위해 인용된다.

끈질기고 다양화된 참조들은 발자크의 작품을 예들의 특권 창고로 만든다. 그리고 바로 이 특권 속에서 우리는 논쟁을 불러일으키는 어떤 의도를 짐작할 수 있다. 뷔토르는 이렇게 '발자크와 현실'에 관한 생각을 강화시킨다.

발자크를 가지고 흔히 오늘의 소설이 볼 수 있는 개혁이나 발명의 의지를 꺾기 위한 허수아비 같은 존재로 삼고 있는데, 그럴수록 나는 발자크에 관해 이야기하는 것이 즐겁다. 오늘의 소설, 즉 20세기 모든 주요 작품들과 이른바 '발자크식' 소설을 대립시켜 놓고 있는데 그 방식이 지나치게 단순하다. 오늘날의 '발자크식' 소설은 사실 발자크의 작품 가운데 저급한 부분에서 영감을 얻었을 뿐이며, 지난 반세기 동안 이 위대한 작가의 진정한 계승자는 오직 프루스트 · 포크너 등의 작가뿐이라고 주장하는 것은 어린애 장난 같은 것이다.

M. 뷔토르, 《목록 I》(1959), 미뉘 출판사, 1973

중요한 말이 언급되었다. 검토할 것은 바로 '오늘날의' 발자크이다. 발자크의 현대성을 증명하기 위해서는 우선 몇몇 문제 제기들의 기원이나 새로운 글쓰기의 원리들을 그의 작품 속에서 찾으면 된다. 이렇게 뷔토르는 등장 인물들이 읽는 소설인 〈올랭피아〉가 나오는 페이지가 재현되는 《시골의 뮤즈》에서 대상으로서 책을 보는 예를 발견한다. 그리고 《고리오 영감》과 《신비로운 도톨가죽》에서의 사물에 대한 묘사를 분석할 때, 로브 그리예와는 반대로 사물에 대한 묘사가 의미를 생산한다고 보고 "한 사회의 근본적인 동요"를 보여준다.(《소설에 대한 에세이》, p.63) 뷔토르가 보기에 소설의 혁신은 플로베르가 아니라 발자크 작품에서 그 기원을 찾을 수 있다. 사실 그는 발자크의 계획을 "모든 서술 방식들의 방법론적 탐색"으로 고려(《목록 Ⅱ》, 미뉘 출판사, 1974, p.193)해서 탐구로서의 그의 고유한 소설 개념에 부합시킨다.

뷔토르가 관심을 가지는 것은 제각기 고려되는 그 많은 소설들이 아니라 《인간 희극》 안에서의 그 소설들의 구성과 조직화이다. 그는 독자마다 원하는 다른 순서대로 접근할 수 있는 별개의 부분들로 형성된 하나의 작품의 첫번째 예로 본다. 즉 이 소설의 전체가 "하나의 소설적인 모빌"인 독서 장치인 것이다.(《발자크와 현실》《목록 Ⅰ》에 수록, p.83) 선택된 독서의 순서에 따라서만 그 소설에 대한 이해가 달라지는 것이 아니라, 한 권의 소설과 교차되는 소설들의 수에 따라서도 변한다. 이렇게 뷔토르는 발자크를 소설 형식에 관한 그의 고유한 탐구의 선구자로 만든다. 그리고 소설 형식에 관한 발자크의 탐험의 확고하고 체계적인 성격을 얘기할 때 뷔토르는 자신의 것과 유사한 작업이라 기술한다.

뷔토르가 발자크를 높이 평가하는 것은 누보로망의 또 다른 성격인 스스로를 되돌아보는 태도이다. 《시골의 뮤즈》나 《저명한 수다쟁이》에서 발자크는 소설적 희곡을 만들어 어떤 진실을 폭로하거나, 파리가 지방에게 속삭이는 유혹적인 이야기를 하면서 "활동하는 소설"을 보여준다.(《목록 Ⅲ》, 미뉘 출판사, 1975, p.176) 소설 내부에서 어떻게 나타나는지, 그리고 현실 속에서 어떻게 등장하는지 증명할 능력이 있는 한 발자크의 소설은 뷔토르가 "시적 소설"이라 규정한 성격에 부합된다.(《소설에 관한 에세이》, p.46) 이 개혁자 발자크는 로브 그리예가 기술하는 선재하는 현실을 그대로 모방하는 발자크를 "편협한 해석의 순응주의 속으로" 내쫓는다. 반대로 뷔토르는 단순한 모방이 아니라 "현실의 단축"(〈발자크와 현실〉, p.90)이라 할 수 있는 발자크가 만든 세계의 자율성을 강조한다. 그리고 발자크 소설에 대해 행해지게 될 구조학적·기호학적 비평들까지 미리 보여준다. 그리하여 프루스트를 플로베르 이전에 누보로망의 유일한 선구자로 모두들 인정하던 때에, 발자크에 대한 이 새로운 해석은 후세에 수많은 재평가가 이루어질 것을 짐작케 한다.

나탈리 사로트와 클로드 시몽은 발자크를 평가하는 데 있어 중립적인 입장을 취한다. 어떤 선언문이라기보다는 소설 형식의 불가피한 혁신에 대한 성찰에 가까운 《의혹의 시대》(갈리마르, 1956)에서 사로트는 로브 그리예처럼 발자크의 작품을 극단적 대립의 대상으로 삼는다. 등장 인물의 이동에 관한 그녀의 분석을 보면 인간 '유형'은 도스토예프스키와 카프카의 등장 인물들, 즉 "우리 자신 속에 존재하나 아직 탐험되지 않은 상태를 지닌 단순한 후원자"(p.40)들과 분명히 거리가 있는 고전적 형태를 취한다. 그녀는 또한 비평가들이 발자크적 모델로 만드는 규범적인 관습에도 반대한다. 그러나 그녀는 "소설의 주인공을 '모사하는'"(p.55) 방식의 예를 들기 위해 플로베르를 그와 연관시킨다. 그녀의 주장 속에는 어떤 모호함도 없다. 그녀는 비평가들이 그들의 탓으로 돌렸던 규범적 기능에 대한 책임을 그 누구에게도 돌리지 않는다.

클로드 시몽도 역시 발자크와의 관련하에 그에게 반대해서 연구를 해나간다. 그러나 그는 그 대립점을 다른 데로 돌린다. 즉 그것은 총서를 이루는 요소들이 미래에 통일성 속에 통합되기를 기다리는 부분들로 인식되는 발자크의 총체성의 계획과는 명확하게 구분된다. 시몽은 이 계획이 한낱 이런저런 해설을 달아 각 요소들 사이에 관계의 망을 짜넣는 것 같은 환상에 지나지 않으며, 그는 인정하지도 않는 어떤 학술적인 면을 소설에 부여하는 것으로 파악한다.

그러나 그들 둘 다 발자크의 소설이 씌어지던 당시에 그것이 지닌 혁신적 성격을 강조한다. 클로드 시몽은 전통적인 소설이나 혹은 '관습적인' 소설을 지칭할 때 발자크적이란 형용사를 사용하는 것에 이의를 제기한다. 이것은 실은 "발자크 소설 형식이 a) 절대적으로 새롭고, 발자크 고유의 것이라는 것과 b) 그것이 우리와 멀리 떨어져 있는 역사의 아주 정확한 한 시기에 긴밀하게 연관되어 있다"는 것을 망각하는 것이라는 점이다.(《루도빅 장비에의 질문에 대한 클로드 시몽의 대답》, 《인터뷰》, 1972, p.18) 그는 "장소나 등장 인물들의 길고 세심한 묘사"를 예로 들며 발자크를 "자신이 살던 시대의 대담한 개혁자"로 규정한다.(《스톡홀름의 담화》, p.19)

나탈리 사로트는 등장 인물의 심리를 표현하는 방식에서 창의력을 발견한다. 그랑데의 탐욕은 상투적인 심리적 카테고리처럼 그저 주어지는 것이 아니라 아주 평범한 제스처나 아주 구체적인 사물들로 표현된다. "주름 사이사이까지 다 뒤지고 극한까지 탐험해서 밝혀내려고 했던 것은 바로 어떤 힘이라도 견뎌내고, 탐구의 열정을 불러일으키는 완전히 새롭고 압축된 어떤 소재였던 것이다."(p.61) "독자를 자극해 강도 높은 투쟁으로 쟁취되는 어떤 진실에 이르게"(p.63) 하려고 애쓰는 발자크를 보여주는 것은, 그의 탐구의 새로움을 강조하는 것인 동시에 이 방식과 자신의 고유한 방식과의 유사함을 강조하는 것이기도 하다. 이런 동족성은 사로트가 자신의 글쓰기를 '사실주의'로 규정하는 데 있어 주저하지 않고 반복적으로 얘기하는 것으로 더욱 굳어진다. 그녀가 사실주의 작가를 "현실인 것처럼 보이는 것을" "탐색하고" "포착하는"(p.141) 일에 무엇보다 집착하는 사람으로 정의할 때, 발자크에게 사용하곤 했던 것과 같은 개념으로 자신의 계획을 기술한다. 시몽과는 다른 논증을 가지고 있는 그녀는 옛 작가와 현대 작가들 사이에 어떤 연관성을 세움으로써 발자크를 현실화시킨다는 점에서 뷔토르의 의견과 일치한다.

논쟁의 지대를 벗어나게 되면 '발자크적' 소설과 누보로망 사이의 대립은 더 이상 과격하지 않다. 새로운 소설은 옛 소설과의 차별화를 위해 애쓰는 동시에 문학 형식이 계속해서 변화한다는 공통된 관점 속에 옛 소설과 함께 위치시키려고 애쓴다. 발자크의 이름은 19세기에 세심하게 다듬어진 소설의 모델을 단 한마디로 요약하는 것이 되었으며, 이는 때로는 이론의 여지가 있긴 했지만 이 소설이 갖는 힘으로 충분히 증명되었다.

누보로망에 관한 논쟁들이 발자크적 모델에 순응하는 소설에게 혐의를 뒤집어씌웠다는 사실로 인해 발자크에 대한 해석이 손상를 입었다는 것에는 변함이 없다. 1980년 발자크에게 바쳐진 한 중요한 학술제는 다음과 같은 질문으로 시작되었다. "의심의 시대를 지나 발자크와 함께 다시 시작할 수 있을까?" 그 주제인 《발자크, 소설의 발견》은 이미 어떤 대답을 제시하고 있었다.(벨퐁, 1982)

II

나무와 숲

졸라는 생계를 위해서, 또한 잊혀지지 않기 위해서 "쓰고 또 쓰도록" 책 시장에 의해 선고받은 그 시대 작가들과 발자크에게 후세에 처해지게 될 운명이 어떠할지를 염려했다.(《문학 속의 돈》, p. 203) 사실 "우리 시대의 소설가들 가운데 가장 다작(多作)하는 작가의" 작품 규모는 독자에게 어떤 면에서 도전이 될 수 있다. 총체성과 다양성을 정복하기란 쉽지 않기에, 우리는 방대한 그의 작품을 발자크적 '세계의 중심적 거울'로 고려하고픈 몇몇 중요한 텍스트로 국한시켜 살펴보려는 유혹을 받곤 한다. 또한 우리는 발자크의 근본적인 의도에 철저하게 역행해서 다른 작품들을 무시해 버리고 발자크 작품의 한 부분이나 한 이미지에만 특권을 부여하기도 했었다. 우선 우리는 동시대인들이 발자크란 인물을 배제한 채 작품을 보는 것에 어려움을 겪는 것을 살펴보고, 이어서 《인간 희극》이란 작업으로 제기된 출판과 독서의 문제점들을 짚어 보기로 한다. 그리고 나서 우리는 좀더 세부적으로 가장 유명한 두 편의 소설, 예나 지금이나 전체 작품을 대표하면서 가끔은 전체 작품을 가려 버리기도 하는 《외제니 그랑데》와 《고리오 영감》에게 부과된 역할을 살펴볼 것이다. 마지막으로 자주 무시되는 부분이긴 하지만 '또 다른 발자크'라 부를 수 있을 언론계 종사자, 희곡작가, 《야릇한 이야기》나 청년기 소설 작가로서의 발자크의 입지를 살펴볼 것이다.

1. 발자크의 수용

발자크의 소설이 어떤 평가를 받았는지에 대한 이해를 돕기 위해 19세기초에 소설의 위상이 어떠했는지를 상기시켜 볼 필요가 있다. 《돈키호테》《신엘로이즈》《베르테르》, 그리고 스탈 부인의 《코린》처럼 과거나 당대에서 대단한 찬사를 받은 몇몇 특별한 작품들도 있었지만, 소설은 여전히 순수 문학의 범주에 포함되지 못하는 하찮은 장르로 인식되고 있었다. 발자크에게 있어 중요한 첫 단계는 분명 월터 스콧에 대한 발견에서 시작된다. 그의 번역서들은 왕정복고 시대(1814-1830) 초기에 큰 성공을 거두었고, 스콧은 소설을 '철학적인 가치가 있는 이야기'로 그 위치를 상승시켰으며, 소설에 진지함이란 성격을 부여했을 뿐 아니라 예전에는 생각지도 못했던 많은 독자들을 불러모았다. 그러나 소설은 여전히 불확실한 장르로 남아 있다. 남성 독자들보다는 대부분 여성 독자들이 즐겨 읽는 월터 스콧의 상업적 성공은 오히려 그의 품위를 떨어뜨릴 뿐이었다. 문학적 영광을 갈망하는 젊은 작가는 소설보다는 시나 희곡 혹은 철학 서적부터 쓰기 시작한다. 발자크도 바로 그런 경우이다.

이미 한 세기 전인 1764년에 쇼델로 드 라클로는 다음과 같은 사실에 주목하고 있었다. 즉 "문학계에서 출간되는 모든 장르의 저서들 가운데에서 소설보다 평가를 덜 받는 장르는 거의 없다. 하지만 소설만큼 폭넓게 연구되고 많이 읽히는 장르도 없다"(《소설에 대한 성찰》에서 인용, 앙리 쿨레, 라루스, 1992)는 점이다. 이러한 모순은 문단의 평가와 대중의 평가 사이의 간격을 보여주는 것이다. 즉 문단은 아주 느리게 변화하는 장르들의 서열에 집착하는 반면, 대중은 흥미진진한 것을 원하기 때문이다. 이러한 상반된 입장은 19세기 중반까지 여전히 뚜렷했으며, 비평계가 공식적으로 소설을 희곡과 동일하게 고귀한 장르로 인정하기까지는 아직도 상당한 시간을 기다려야 한다. 즉 그 위치를 획득한 것은 거의 19세기 말에 이르러서였고, 발자크는 이러한 소설 위상의 변화에 큰 영향을 미친다.

몇 번의 희곡을 시도했음에도 불구하고 샤토브리앙·위고·라마르틴과는 달리 발자크는 소설가에 지나지 않았기 때문에, 후에 비평계와 어려움을 겪게 된다. 대중에게서 얻은 놀라운 성공과, 심지어 적의적인 신중한 문단의 태도 사이의 대립은 거의 그의 말년까지 계속된다. 우리는 그의 작품에 대한 이런 대조적인 평가의 여러 단계들을 확인할 수 있다.

• 1822년부터 1824년까지 그의 첫 출간물들은 발자크가 스스로 '상업 문학'이라 부르는 것에 속한다. 이 시기의 첫 소설들을 위해 로르 룬·오라스 드 생 토뱅과 같은 여러 개의 가명을 사용한다. 서점 진열대를 겨냥한 공상 소설들을 쓰는 동안 발자크는 탐정 소설·역사 소설·감정 소설·낭만 소설 등 유행하는 여러 장르들을 실습한다. 이 소설들은 문단의 주목을 받지는 못하지만, 《반 클로르》의 경우 꽤 호의적인 평론이 1825년 《프롱되르 앵파시알》지에 실린다.

• 이 초기 소설들의 실패와 출판 사업의 실패 후에, 1831년 《신

비로운 도톨가죽》으로 발자크는 마침내 명성을 얻게 된다. 《올빼미
당》과 《결혼의 생리학》은 1829년에 이미 주목을 받았으나, 《결혼
의 생리학》의 경우에는 그 내용이 추문을 야기시켰기 때문이었다.
8백 부가 인쇄된 《사생활의 풍경》은 많이 팔리긴 했지만 비평계는
냉담했다. 따라서 발자크의 첫 성공은 처음으로 그의 이름을 내건
소설인 《올빼미당》이 아니라, 긍정적인 평가를 많이 얻은 《신비로
운 도톨가죽》으로 봐야 한다. 발자크는 당대 사회와 여자를 주요
소재로 다룬다. 그것은 유행이 되었고, 교양 있는 한정된 독자들
이 즐겨 읽는 여러 잡지들(《트랑작시옹》지, 《마담 필미아니》지, 《팜
므 드 트랑탕》지)이 1834년에 《신 사생활 장면들》을 출간한다. 생
트 뵈브는 살롱에서 환영받는 이 작가를 위해 그의 '문학 자화상'
에 한자리를 마련해 준다. 그러나 이러한 성공은 여전히 불확실하
고, 그는 단지 재능 있는 '얘기꾼' 이라는 이미지 속에 갇혀 있는
것으로 보인다.

첫번째 성공

철학적 내용을 담은 환상 소설인 《신비로운 도톨가죽》은 《아
티스트》지, 《글로브》지, 《아브니르》지, 《르뷔 데 되 몽드》지와 같
은 중요한 잡지들의 서평을 얻는다. 이 책에서는 당대 사회에 대
한 충실한 묘사를 볼 수 있다. 1831년 10월 28일자 《콩스티튀시
오넬》지는 이 소설의 '사기를 꺾는 회의주의' 에 통탄한다. 반면
필라레트 샬은 8월 6일, 《침실의 사자(使者)》에서 다음과 같이 열
광한다:

"역겨움, 환멸, 재치, 과학과 종교에 관한 생각, 설익은 창의력,
부화되지 않은 미덕, 악취를 풍기는 장소들에서 발산되는 미광,

인처럼 빛나는 상태, 위대함과 엄격함, 애국심, 에너지, 쇄신, 재능, 조직력, 보수주의, 지속에 대한 야망, 현실적 공허, 내부의 악, 신앙의 부족, 의지의 나약함, 허무, 정신력의 쇠퇴, 죽은 시체에게 가하는 전기요법이나 취기에 의해 일시적으로 발휘되는 힘 등으로 권태로움과 사치로 포장된 오늘날 우리의 문명이 생생하게 묘사되는 것이 보고 싶은가? 그러면 이 책을 읽으라. (…) 발자크의 책 속에는 꺼져 가는 사회의 절망의 신음 소리가 있다.”

이 소설은 1831년 9월부터 다시 출간된다. 발자크가 살아 있는 동안 7개의 판본이 발간되고, 그 중 2개는 분권으로 출간된다.

• 이 성공은 1837년과 1842년 사이에, 특히 문단 주변에서 현저하게 쇠퇴한다. 그 첫번째 원인은 발자크의 출판 전략에서 찾아야 한다. 그는 소설의 독자를 확대시키기 위해 출판 사업에 주저없이 뛰어든다. 1838년 샤르팡티에 출판사는 신문에 연재된 소설과 이미 출판된 적이 있는 책들을 저렴한 가격으로 다시 찍어낸다. 이렇게 발자크는 1836년 10월 23일부터 11월 4일까지 여러 일간지 문예란에 이미 연재되었던 소설, 《노처녀》를 싼 가격에 최초의 일간 신문인 《프레스》지에 다시 연재한다. 광범위한 보급을 위한 이러한 방식은 오히려 불신과 분개를 불러일으킨다. 생트 뵈브는 상업적 잣대에 굴복한 이 '상업 문학'이 돈을 버는 목적이 배제되어야 할 고귀한 문학에 손상을 입혔다고 본다.(《상업 문학에 관하여》, 1839, 생트 뵈브, 《비평론》, 1992) 발자크는 이제 신문 소설가로서 경멸을 받게 되고, 프레데릭 술리에나 외젠 쉬와 동일한 취급을 받게 된다. 다른 한편 때마침 문단과 신문을 화나게 만드는 사건이 발생한다. 바로 1839년 《환멸》의 2부인 《파리에 온 지

방의 위인》의 출간이 그것으로, 이 책에는 작은 신문사들의 관행과 저널리즘 · 창의력 사이의 고뇌가 아주 신랄하게 묘사되어 있기 때문이다. 이렇게 악의적인 분위기 속에서 《인간 희극》의 초판이 발간된다. 이 책은 문단의 마음을 누그러지게 하기는커녕 그 반대의 결과를 가져온다.

• 그러나 발자크는 마지막으로 출간된 두 권의 연작 소설인 《가난한 친척들》로 대중에게서 뿐만 아니라 비평계에서도 다시 한번 성공을 거둔다. 사실 이 소설들은 신문 소설로 출간되었고, 어떤 부분은 출간에 맞추어 씌어졌으나, 대중에게서 얻은 '대단한' 성공은 비평계의 인정을 마침내 이끌어 낸다. "모든 사람들이 걸작이라 얘기합니다"라고 발자크는 한스카 부인에게 보내는 편지에서 《사촌누이 베트》에 관해 언급한다. 발자크가 죽고 위고와 라마르틴의 그 유명한 조사(弔辭)가 이어지고, 비평도 그의 주저함을 조금이나마 벗어던져 버린다. 이때부터 그를 인정하는 절차가 아주 느리게 진행되기 시작하며, 세기가 바뀌는 시점에서야 비로소 그 진정한 평가가 이루어지게 된다.

발자크에 대한 동시대 비평의 신중한 태도와 악의적 태도

• 쥘 자냉, 《르뷔 드 파리》, 1839년 7월(《쥘 자냉과 발자크》에서 졸라 인용, 《비평론》에 수록(1880)). 조르주 상드와 비교한 후, 쥘 자냉은 발자크를 신문 소설가와 통속 소설가로 분류하고, 비니 · 위고 · 생트 뵈브와 차별화시킨다.

"(…) 발자크는 현대 소설가들의 왕이 아니다. 현대 소설가의 왕은 여성이다. 자신의 길을 찾기 위해서 애쓰는 위인들 가운데

한 명으로, 자신의 가장 아름다운 소설을 쓸 때조차 그녀는 아드메토스의 양떼들을 보살피는 아폴론의 효과를 나에게 야기시킨다. 발자크의 옆이나 그의 뒤에, 그의 앞에, 그와 마찬가지로 있는 그대로의 사회를 경멸스럽게 바라보는 많은 소설가들이 있다. 그들은 대범한데다 놀라운 다작력을 지닌 작가들이다. 발자크의 어떤 작품이 《악마의 추억》보다 더 다양한 사건들과 움직임으로 채워졌던가? 발자크의 어떤 콩트가 베르나르의 《마흔 살 여자》보다 더 낫다 할 수 있는가? 발자크가 외젠 쉬보다 아이러니를 더 많이 드러냈을 때 말인가? 묘사의 신선함을 위해서라든지 알퐁스 카르의 경탄할 만한 변덕보다는 더 나을지 모를 봄의 전경의 속삭이는 듯한 우아함을 위해서는 그는 아무것도 쓰지 않았잖은가? 잊지 말자, 앨프레드 드 비니의 소설과 《노틀담의 꼽추》, 그리고 《쾌락》은 더 고귀한 장르의 별개의 책이다. 환상과 상상력과 사랑으로 가득 찬 아름다운 짧은 콩트들은 굳이 언급하지 않더라도 말이다……."

• 쇼드 제그, 《프랑스의 현대 소설가들》, 고슬랭, 1841.

"발자크의 의도 가운데 하나는 그의 소설들을 통합하는 작품의 제목을 널리 알리고, 이 세기의 풍속들을 깊이 파헤쳐 그것들을 사실적으로 그리는 것이다. 발자크가 그리는 풍속들이란 게 어떤 것인가? 단지 천하고 외설적인 관심만을 불러일으키는 하찮고 구역질나는 풍속들이다. 그의 작품을 소위 철학적 이야기라고 믿는다면, 돈과 악덕이 오늘날 모든 인간들의 수단이자 유일한 목적이다. 변태적 정열과 이상 기호, 혐오감을 주는 성향은 장자크와 나폴레옹의 딸인 19세기 프랑스만을 오로지 좋아하는가 보다!"

• C. 이폴리트 카스티유, 《H. 드 발자크》《스멘》지, 1846년

10월 4일.

"기둥과 천장이 없는 드넓은 궁전과 같은 《인간 희극》을 세부적으로 살펴보면, 우리는 전혀 다른 두 개의 인상을 받게 된다. 첫번째는 확고한 의지로 인간 심성의 저속한 유물들을 한 손으로 파내는 작가에 대한 마음속 깊은 감탄이다. 두번째는 무정한 끌로 비틀어진 윤리들을 조각해 내는 이 인류애에 대한 경멸이 뒤섞인 진한 슬픔이다. 이런 경멸로부터 며칠 동안 당신을 괴롭히는 무엇인지 알 수 없는 삶의 역겨움이 생겨난다."

이렇듯 발자크에 대한 평가는 대부분의 비평가들의 몰이해하에 이루어진다. 소설가는 독자와의 대화를 시작함으로써 그들의 이해를 돕고자 애쓴다. 1834년부터 시작되어 지속된 이 대화는 발자크가 부딪히게 될 많은 장애들을 증명하는 것이며, 끊임없이 자신의 계획을 설명하여야 했던 필요성을 말해 주는 것이다. 그리하여 《신비로운 도톨가죽》의 서문에서 발자크는 《결혼의 생리학》의 독자들이 그에게 갖고 있던 이미지, 즉 윤리성이 결여된 늙은이라는 이미지에 반론을 제기한다. 《고리오 영감》의 서문에서는 그가 받은 비윤리적이라는 비난을 먼저 언급하고 반어적인 방식으로 이에 반론한다. 《골짜기의 백합》의 서문에서는 작가와 등장 인물-화자인 펠릭스 드 방드네스 사이에서 독자가 일으킬 수 있는 혼동을 미리 알려 주기도 한다.

이렇듯 발자크가 비평가들을 대신해 스스로 '자기 작품의 안내자'를 자청한 것은 분명 비평가들이 무능하다고 판단했기 때문일 뿐 아니라, 어느 부분에서는 그들이 분명 이해하지 못하리란 것도 알았기 때문이다. 모든 동시대 독자들처럼 비평가들도 소설들을 차례대로 따로 떼어 읽지 않을 수 없다. "거대한 전체의 서로 다른 부분들을 각각 분권으로 출간해야 한다고 작가가 느끼는 필요성"에 따라 단편적인 독서는 불가피하다.(《인간 희극》《피에레트》 초판 서문, 갈리마르, 〈플레야드〉판, 제4권, p.26) 발자크는 작품 전체를 읽는 것이 쉽지 않은 만큼 공감받지 못하리라는 체념과 그의 계획의 총체성을 설명하고자 하는 노력 사이에서 갈등한다. 1834년 이후 서문 수가 증가한 것은 1834년 《철학적 연구》에 이어, 1835년 《19세기 풍속 연구》의 〈서문〉을 쓴 펠릭스 다뱅과 한스카 부인에게 전체 계획에 관해 처음으로 밝힌 것과도 그 시기가 꼭 들어맞는다.

19세기 후반에 발자크가 고전이 되어가는 불규칙한 과정이 시작된다. 데이비드 벨로는 이 과정을 이미 언급한 자신의 작품 《발자크 비평론, 1850-1900, 명성 만들기》에서 기술한다. 이것은 우선 장례식장에서의 조사(弔辭) 이후 오랫동안 지속된 비평의 침묵과 대중의 무관심의 시기로 시작된다. 우리는 재발간된 책들의 수와 그 책들의 발행 부수를 막연하지만 유용한 지표들로 삼을 수 있다. 1850년과 1870년 사이에 재발간된 발자크 작품들의 발행 부수들은 아주 한정되어 있었다. 비록 재발간된 작품의 수는 많았다 할지라도 말이다. 그 수는 대략 2천 권 정도인 데 반해 당시 관심의 초점이었던 뒤마와 상드의 소설들의 발행 부수는 약 1만 권이었다. 그러나 뒤마나 상드 소설의 재발행수가 1880년대부터 급감하는 반면, 발자크 소설의 재발행수는 1880년대말부터 뚜렷이 증가하기 시작해 1890년대에는 비약적으로 증가한다. 발자크가 대중의 호의를 얻게 되는 이런 뚜렷한 선회로부터 비평 담화에 실리는 비중도 점점 더 커지게 되고, 그를 비판하는 소리는 점점 줄

어들게 된다. 1887년 에밀 파게를 시작으로, 1898년 페르디낭 브뤼티에르의 《프랑스 문학 개론》에 이르기까지 대학 비평은 크게 단순화시켜서 발자크를 고전적 사실주의자이자 낭만주의의 전형으로 평가한다. 세기말에 이르러 그가 죽은 뒤에도 1백여 년 동안 그 작품들이 계속 출판되면서 발자크는 고전이 되었다.

발자크가 고전이 되는 계기가 된 몇몇 시기들

- 1876년: 《서한문》의 발간. 인간 발자크가 재고됨(선량하고 윤리적이며 의지 있는 영웅이자 순교자).
- 1879년: 발자크가 대학에서 연구의 대상이 됨. 샤를 스포엘베르크 드 로방줄은 《발자크 총서의 역사》를 칼망–레비 출판사 《총서》의 부록으로 발간함.
- 1887년: 대학 교수 에밀 파게는 《19세기 문학 연구》에서 발자크의 여러 소설들(전부는 아니지만)에서 발견하게 되는 '고전적 사실주의'를 분석함.
- 1889년: 《외제니 그랑데》가 중등교사자격시험에서 요구하는 필독 리스트에 들어감.
- 1895년: 귀스타브 랑송이 서문을 쓴 《교육용 오노레 드 발자크의 선별 작품들》이 처음으로 출간.
- 1905년: 앙드레 드 브르통, 《발자크, 인간과 작품》, 아르망 콜랭.

2. 《인간 희극》의 영향[9]

이 장(章)은 1842년 《인간 희극》의 출간을 위해 총체화의 계획에 따라 소설들을 재집결·재정비하는 작업이 발자크와 그의 독자에게 미친 영향을 검토한다. 또한 이 장에서는 발자크 소설들을 출판하고, 또 비평하는 데 있어 이 총체적 계획이 어떻게 받아들여지는지도 살펴보기로 한다.

《인간 희극》은 처음부터 총체성을 염두에 두고(《루공 마카르》처럼) 체계적으로 실행에 옮긴 계획도 아니며, 체계적인 소개를 위해 뒤늦게 소설들을 재정비한 순수한 편집 작업 역시 아니다. 총체성의 계획은 아주 오래된 것이기는 하지만, 그것은 전체가 움직이는 가운데 현실화되고, 토대부터 꼭대기까지 한 단계 한 단계 돌을 쌓아올리는 건축적인 체계처럼 완성되기보다는 조각들이 상대적으로 움직이는 모자이크(이것은 발자크에게 자주 쓰이는 은유이다)처럼 완성된다. 글쓰기와 출판은 총서가 완성되어 가는 과정에서 밀접하게 연관된다. 이는 부단하게 시험해 보고, 또 거기에서 교훈을 얻어 또 다른 작업을 쉼없이 되풀이해 봄으로써 완벽한《총서》를 만들어 가는 실험장과도 같은 의미이다.

총체성에 대한 계획은 오래전부터 고려되어 오던 것이다. 그러나 《인간 희극》은 이론의 여지없이 한 출발점을 형성한다. 발자크의 의도에 따르자면 그 출발점으로부터 그의 작품이 다른 것이 되며, 또한 다른 것이 되어야 한다. 발자크는 자신의 작품에 대해 선

---

9) N. 모제의 다원적 발자크(PUF, 1990, p.287)의 한 장에서 빌려온 제목.

총체성에 대한 각기 다른 노력의 단계

(S. 바송, 《오노레 드 발자크의 작업과 나날들》, PUV, CNRS,
몬트리올대학출판부, 1992)

- 1824-25년: 《생생한 프랑스사》 계획. 《소년들》은 《올빼미당》으로 명칭이 바뀌고, 그 책의 일부가 됨.
- 1830년: 당대의 사회적 풍습들에 대한 연구 계획: 그 첫번째 결과가 《사생활의 풍경》이다.
- 1831년: 《철학적 소설과 콩트》의 초판 발행.
- 1834년: "《사회적 연구》란 제목하에 (…) 작품을 총괄적으로 발행하려는" 계획(1834년 10월 18일 한스카 부인에게 보낸 편지): 풍속·철학·분석 연구의 세 부분으로 나누는 계획을 세움.
- 1837-38년: 한 출판사에서 출판물을 재편성하려는 계획.
- 1840년: 《서한문》에서 《인간 희극》의 제목이 처음 소개됨.
- 1842년 4월-1846년 8월: 《인간 희극》의 초판 배포.
- 1845년: 《인간 희극》 카탈로그.
- 1848년: 추가책: 《가난한 친척들》.

별하지도 말고, 토막내지도 말고, 총체적인 독서를 할 것을 요구했다. 그러나 이런 독서는 일단 《인간 희극》의 16권 발간이 완전히 끝났을 때라야 가능하다. 하지만 이것 역시 완전하게 끝난 것이 아니었다. 1845년의 계획에는 없었던 《가난한 친척들》이 《인간 희극》이 출간된 다음에 씌어져, 1848년 《파리 생활 장면들》에 추가로 출간된다. 그리하여 작업은 발자크가 죽음으로써 막을 내리게 된다. 즉 문제의 작품이 더 이상 씌어질 수 없을 때 말이다.

서문: 총체적인 독서를 위해서

- 《환멸》의 초판 서문, 1837.

"사회가 필요로 하는 인간들을 택해서 그 어디에서도 그들과 닮은 사람들을 찾지 못하도록 그들을 변형시키고, 수많은 직업만큼이나 다양한 유형들을 창조하여, 마침내 사회적 인간성이 동물학만큼이나 다양함을 보여준다는 원리로부터 출발해, 한 작가가 사회의 구석구석을 살펴 완벽한 묘사를 하고자 계획했을 때 약간의 주의와 약간의 인내를 가지고 이 용기 있는 작가를 믿어 줄 수는 없는가? 한걸음을 옮길 때마다 이 새로운 소설은 광대한 건축물의 일부일 뿐이라고 설명할 필요없이 그렇게 한걸음 한걸음 완성을 위해서 나아가게 할 수는 없는가? 그리하여 완성된 건축물이 훌륭할 때 비로소 그 조각들도 세부적으로 드러내는 것이 낫지 않겠는가? 결국 각각의 소설은 사회라는 거대한 소설의 한 장(章)에 지나지 않는 것이다."

- 《이브의 딸》 초판 서문, 1839.

"여전히 진행중인 이 당대 풍습에 관한 긴 이야기가 끝나는 날까지, 전체로서 고려되어야 하는 작품의 각 부분들을 아직 작업대에 있는 한 조각이 포개기, 덧붙이기, 근접시키기에 의해 다른 것이 되기로 되어 있는 작품의 각 부분들을 따로 떼어 판단하는 경솔한 비평들을 작가는 아무 소리 못하고 받아들이도록 강요당한다."

1834년과 1835년에 그의 대변자 펠릭스 다뱅이 쓴 《철학적 소설과 콩트》, 그리고 《풍속 연구》의 서문을 통해 모든 책을 다 읽고 나서 평가해 주기를 끊임없이 요구하는 것은 모든 체계가 갖춰지지 않은 만큼 비평의 권한을 피하려는 것처럼 비춰졌고, 쇼드 제

그는 이 요구가 터무니없는 것이라고 일축한다. 《인간 희극》이란 제목으로 소설들을 재편집하는 이 작업은 상업적인 일로 간주되었다. 사실이 그렇기는 했다: 빡빡한 글씨체와 꽉찬 외관의 8절판으로 《인간 희극》을 편찬하면서, 발자크는 그 책에다(모든 서문들뿐만 아니라 각 장과 다수의 항들도 삭제되었다) 고품격의 문학에나 어울릴 만한 근엄한 모양새를 갖추게 한다. 그러나 한편으로는 원래 1백여 권이었던 것을 16권으로 그 분량을 줄이면서 가격을 낮추고 판화를 삽입하여 판매함으로써 그는 더 많은 독자, 즉 새로운 '책 읽는 대중'을 확보하기 위해서도 노력한다. 당대의 사회와 문학을 총체화하려는 그의 비전에 걸맞게 발자크는 총체적 대중을 원한다.

사실 발자크가 《인간 희극》의 작가로 자연스럽게 인식되는 데에는 어느 정도 시간이 필요할 것이다. 발자크라는 인물과 그에 대한 전설은 한 발짝 뒤로 물러나게 되고, 그의 문학적 계획이 졸라와, 그리고 방법이 무척 다르긴 하지만 프루스트에 의해서 모방될 것이다. 프루스트는 발자크의 작품을 다시 읽고 작품 속에 각인된 연관 관계의 원칙을 발견하고픈 마음을 일깨워야 할 것이다. 특히 수많은 의미들이 끝없이 증식하는 장치처럼 반향하고 집결하는 이러한 제스처를 비평적 고찰이 인식할 수 있어야 할 것이다. 발자크의 책을 즐겨 읽는 알랭은 여전히 아주 부정적인 견해를 갖고 있었다. "《인간 희극》의 아이디어는 그 자체로서 빈약함을 보여주는 것이다. 인물들을 재등장시키고, 다양한 나이와 다양한 권력을 가진 자들을 보여주고, 똑같은 얼굴들을 다시 보여주는 것, 그것은 너무 쉬운 구상이 아닌가."(《발자크와 함께》, 갈리마르, 1937, p.61; 이전 명칭, 《발자크를 읽으면서》, 1935)

덧붙여 《인간 희극》 전체를 다 읽는다는 것은 독자에게는 진정한 의미의 도전이다. 이 거대하게 조합된 허구 세계를 어떻게 다 읽을 것인가? 물론 서로 다른 소설들에서 여러 정보를 얻을 수는 있다. 또한 인물들의 재등장이 어떤 도움은 안 될망정 증식을 감소시키려는 의도쯤으로 간주할 수는 있다. 하지만 반복적으로 등장하는 인물들이 독서를 하는 데 있어 도움을 주는 지표로서 기능하기 위해서는 많은 도구들이 필요하다. 발자크 자신이 《이브의 딸》의 서문에서 라스티냐크의 생물학적 인사 카드를 작성함으로써 등장 인물들의 일람표의 초안을 먼저 스케치해 보기도 했었다. 그 첫 번째 '일람표'는 1887년, A. 세르베르와 J. 크리스토프에 의해서 만들어졌다. 그 다음에는 페르낭 로트 · 피에르 시트롱 그리고 안 마리 메냉제가 플레야드의 연속적인 두 개의 판을 위한 '허구적 등장 인물들의 색인표'를 만들었다.[10] 최근의 많은 포켓판들이 소설들 사이의 연관성을 염려하면서 그 일람표의 일부를 싣는다.

그러나 만약 발자크가 살아 있었을 때 소설들의 분권 출간이 분리된 독서를 가능케 했다면, 이는 후세에도 마찬가지이다. 소설을 분권으로 출간하는 것은 각각의 부분이 큰 전체에 속한다는 것을 잊게 해주므로 소설들의 독립적인 해석을 가능케 한다. 이것은 《13인회 이야기》나 《가난한 친척들》처럼 하위 그룹들에서도 마찬가지이다. 용이하게 한 권으로 출판될 수도 있을 《13인회 이야기》는 《랑제 공작부인》이나 《황금빛 눈의 소녀》에게 유리하도록 종종 분

---

10) 《H. 드 발자크의 〈인간 희극〉의 일람표》, 칼망-레비, 1887. '색인표'는 P. G. 카스텍스 판본 제7권에 있다.(《플레야드》판, 갈리마르, 1976-1981) 페르디낭 로트의 《〈인간 희극〉의 허구적 등장 인물들의 인명사전》이란 분권판도 있다.(조제 코티, 1952-1956, 전2권, 1967년 재판)

권 출간되었다. 출판사가 이와 같은 선택을 한 것에 대해서는 굳이 설명하지 않더라도 그들이 강요하는 편파적 독서 그 자체로 이미 의미심장한 것이다. 《대문에 실타래 장난을 하는 고양이가 그려진 집》은 이 책이 단독으로 읽히느냐, 혹은 《풍속 연구》의 첫번째 부분인 《사생활의 풍경》의 첫번째 이야기로 읽히느냐에 따라 완전히 다르게 해석되어질 수 있다. 《페라귀스》 역시 《13인회 이야기》와 《파리 생활 장면들》의 첫번째 이야기로 간주되느냐, 혹은 단독으로 읽히느냐에 따라 파리 골목의 사회적 · 윤리적 가치들에 대한 그것의 묘사 또한 달리 해석 가능하다.

《대문에 실타래 장난을 하는 고양이가 그려진 집》의 위치

"1842년 《인간 희극》이란 거대한 교향악과 같은 광대한 계획을 시작할 때 이 텍스트를 그 첫번째 자리에 놓는다는 것은, 작가의 관점에서 볼 때 1830년의 《사생활의 풍경》 가운데 이것이 가장 훌륭하다는 것을 분명하게 의미하는 것이다. 같은 시대의 다른 텍스트에서와는 달리 이 짧은 이야기에서는 사실적인 미학의 토대가 되는 '모델'의 개념을 예술적으로 재현하는 것에 대한 심사숙고를 볼 수 있다. (…) 따라서 《대문에 실타래 장난을 하는 고양이가 그려진 집》을 견인자의 위치에 놓는다는 것은 분명 1830년의 여러 장면들 가운데 유일하게 이 책을 이론서로 만드는 것이다."(N. 모제, 《다원적 발자크》, PUF, 1990, p.304)

출판과 독서에 대한 또 다른 문제는 재출간되는 판본의 선택과 관련된다. 한 텍스트를 완성하기 위해서는 작가가 마지막으로 교정한 버전을 출판하는 것이 관례이다. 《인간 희극》의 경우 세심하게 교정이 된 '퓌른 교정본'이라 불리는 퓌른판본이 그것이다. 작가의 최종 의지를 존중해 주는 이러한 선택은 계속해서 재출간이 이루어지는 동안 진행된 첨삭과 수정 같은 발자크의 교정 작업을 존중해 주는 것이다. 그러나 어떤 이는 역사적인 맥락 속에서 그 소설의 위치를 파악한다는 차원에서 첫번째 버전의 소설을 출간하기를 원할 수도 있다. 이런 차원에서는 발자크가 쓴 《인간 희극》의 '서문'들을 다시 출간하는 것 또한 중요하다. 최근의 분권된 출판물들은 점점 더 빈번하게 이 서문들을 싣는다.

1831년 혹은 1845년의 《신비로운 도톨가죽》?

"(···) 1835년부터 《신비로운 도톨가죽》은 '불로미에르, 1831년 4월'로 태어난 날짜가 결정된다. 그 결과 아무것도 모르는 독자는 1845년 혹은 그뒤에 출간되었으나 14년 혹은 15년 전의 출판년도가 붙어 있는 텍스트를 읽게 된다. 따라서 독서를 하고, 해석을 할 때 수많은 실수가 야기된다. 이런 위험은 《신비로운 도톨가죽》의 경우 특히 더욱 민감한데, 이 책이 임박하고 일촉즉발의 어떤 사건을 다룬 것인데다 미래의 《인간 희극》의 작가와는 완전히 다른 이야기꾼이자 기자의 작품이기 때문이다. 당시 그는 '철학적' 계획에 대한 도전에 열중해, 1831년에는 자신의 원본들을 나누어서 조직화된 작품 전체 속에서 재편집할 형이상학적 계획을 세우는 것조차 생각지 못한 그런 사람이었던 것이다."(1831년판 텍스트에 쓴 피에르 바르베리의 서문, 포켓판, 제네랄 프랑세즈 출판사, 1972)

《인간 희극》을 출간하는 것은 소설을 분권으로 출간하는 것보다 선택의 자유를 덜 제공하는 것 같다. 발자크가 자신의 의도대로 교정하고 발간한 분명한 하나의 건축물인 것이다. 《총서》의 대부분

판본들은 《인간 희극》의 공인된 순서대로 재출간된다. 때때로 '퓌른판본'을 똑같이 모사(模寫)해 새로운 판본이 만들어지기도 하면서 말이다.[11] 그러나 많은 출판업자들은 때때로 '퓌른 교정판본'과는 다른 총서를 제안함으로써 다른 방식의 독서를 유도하기도 했다. 피에르 조르주 카스텍스는 1842년의 촘촘한 판본 때문에 어쩔 수 없이 발자크가 장(章)과 그 제목들을 삭제했던 것을 생각해 내고 그것들을 다시 복원시켜, 1965년에는 보기가 훨씬 쉽게 여백이 많은 텍스트를 만들어 선보인다.(《인간 희극》, 쇠이유, 〈앵테그랄〉 시리즈, 1965-1966, 전7권) 그러나 보기가 훨씬 좋다는 것이 이와 같은 변화를 준 것의 유일한 효과는 아니다. 다시 씌어진 제목들은 화자로 하여금 자기 자신의 이야기에 대한 해설을 유도하며, 가끔은 반어적이거나 패러디한 방식으로 만들어져 허구의 극적 감흥을 진지하게 일구어 내기도 한다. 그리하여 《사촌누이 베트》의 각 장의 제목들은, 이야기의 틈새에 새겨진 멜로드라마적 요소들에 대해서 어떤 빈정거림을 나타낸다. 이런 제목들의 유형은 이자벨 투르니에와 아네트 로자의 《발자크》(A. 콜랭, 1992)에 그 예가 소개되어 있다.

《인간 희극》의 몇몇 판본들은 지식의 서열에 따라 발자크가 선택한 순서까지 뒤바꾸기도 한다. 원인을 탐구하는 데 사용되는 효과용 그림에서부터 원리들의 내용에 이르기까지, 심지어 사회학에서 철학에 이르기까지 발자크가 매겨 놓은 이 지식의 서열은 한스카 부인에게 보낸 편지와 1842년 '서문' 속에 다시 밝힌 대로 1834년부

---

11) J. A. 뒤쿠르노의 지도하에 출간된 《삽화가 있는 총서》판이 이 경우이다. 비블리오테크 드 로리지날, 1965-1976. 전26권. 미완성판: 제27권과 제28권은 출판되지 못한다.

터 세심하게 다듬어진 이 순서를 정당화시키기 위한 것이다.

> • 1834년 10월 26일자 한스카 부인에게 보낸 편지
>
> "《풍속 연구》는 사회의 모든 결과들을 보여주게 될 것입니다. (…) 그것은 결결이 묘사되는 인간 심성의 이야기, 모든 분야에서 행해지는 사회의 이야기, 바로 그런 것들이 기본 바탕이 되는 것입니다. 그것들은 상상적인 사실이 아닙니다. 도처에서 일어나는 일들인 것입니다.
>
> 그 다음 두번째 토대는 《철학적 연구》입니다. 왜냐하면 이런 실상들 뒤에는 원인이 있을 것이기 때문입니다. (…) 그리고 나서 그 실상들과 원인들 뒤에 《분석적 연구》가 올 것입니다. 《결혼의 생리학》은 그 부분에 들어갈 텐데, 실상과 원인들 뒤에는 원리들이 꼭 추구되어야 하기 때문입니다. **풍속**들은 무대 위의 **연극**입니다. **원인**들은 무대 뒤의 **내막**과 **도구**들이며, **원리**라는 것은 바로 **작가**인 것입니다."(《한스카 부인에게 보낸 편지》, 로제 피에로, 로베르 라퐁 출판사, 《부캥》 시리즈, 1990, 제1권, p.204-205)
>
> • 1842년 '서문'
>
> "(…) 모든 예술가들이 열망하는 찬사를 받기 위해서 이런 사회적 실상들의 원인(들)을 마땅히 연구해야 하지 않겠는가? 수많은 형상들과 정열, 사건들이 모여 있는 이 거대한 집합체 속에 숨겨진 의미를 찾아내야 하지 않겠는가? 그리고 마침내 그 연구가 끝나면 사회적 엔진이라 할 수 있는 원인을 찾았다고 말하는 대신 자연의 원리에 대해 명상하고, 사회는 무엇 때문에 진실, 아름다움, 끝없는 규칙으로 분열되고, 다시 결합되는지를 살펴보아야 하지 않겠는가?"(《인간 희극》, 제1권, p.11)

1966년 클럽 프랑세 뒤 리브르(옛 명칭은 형태와 반영, 1950-1953) 출판사에서 《발자크 총서》를 출간할 때, 발자크를 "자신이

생각했던 대로 체계적인 사고를 가진 사람"이 아니며, 그의 계획이 한낱 "돈을 벌기 위한 수단"에 지나지 않았다고 보았던 알베르 베갱은 완전히 다른 구성 원리를 제안한다. 즉 그는 이야기가 벌어지는 시대순에 따라 그 소설들을 연대기순으로 정리함으로써 허구에 어떤 지속성을 세운다. 베갱은 이것이 "전체에다가 구성의 단일성"을 복원시키는 것이라 본다. 즉 "발자크가 살아 있던 반세기 동안의 시간의 경과는 물론이고, 과거에서 미래에 이르기까지 거대한 허구 안에서 살아 숨쉬는 등장 인물들을 담고 있는 소설적 시간"을 더욱 잘 감지할 수 있게 해준다는 것이다.(《프레장타시옹》, 제1권, p.II et IV) 논리적 합리화를 부여하고자 하는 계획은 천지창조와 같은 계획을 위하여 희생되고, 지식을 전해 주고자 하는 계획은 생생한 사회 유기체의 발전을 모방하려는 노력으로 대체된다. 순서를 재구성하는 것은 분명 하나의 해석이다. 즉 과학에 기대는 것을 술책으로 해석하는 것이며, 소설 창작을 서로 굳게 맺어져 있는 운명을 타고난 등장 인물들을 창조하는 것으로 해석하는 것이며, 독서를 '현실의 신비스러운 조직'을 발견하는 것으로 해석하는 것이다.

랑콩트르 출판사(로잔, 1958–1962)에서 발간한, 롤랑 숄레가 서문을 쓰고 주석을 붙인 《발자크 총서》는 고유한 자신의 시대를 가질 수 있었을 것이나, 소설이 씌어진 시기와 출간이라는 현실의 연보에 집착하는——왜냐하면 이 둘(글쓰기와 출판)의 관계는 발자크 작품에서 밀접하게 연관되어 있기 때문이다——발자크적 세계를 그대로 따르지 않는다. 퓌른 교정판본 텍스트에 충실하면서, 즉 《인간 희극》 글쓰기의 생성 과정을 그대로 따르려 애쓰지 않으면서, 랑콩트르 출판사는 "이미 방향이 설정된 움직임과 분출되는

작품의 상당한 집중력을 복원하고자"(제1장, p.15) 애쓰며, 앞으로
나타나게 될 발생론적 판본 초안을 구성한다.

연구 관점에 따라 이들 각각의 판본의 선택에 대한 흥미가 어느
정도 더하고 덜할 수 있다. 이는 논리적 엄격함과 함께 유연성을
가지고 언제든지 자유롭게 그 순서를 뒤바꿀 수 있는 발자크적 건
축물의 역량을 입증하는 것이다.

3. 설립과 모델:《외제니 그랑데》《고리오 영감》

작품 전체를 대표함으로써 오히려 작품 전체를 가려 버리는 것
때문에 이 두 소설을 선택한 것은,《신비로운 도톨가죽》이나《환
멸》처럼 그에 못지않게 흥미진진한 소설들을 애써 뿌리친 결과이
기도 하다. 그러나 발자크가 살아 있을 때《외제니 그랑데》에게 주
어졌던 특수한 역할과, 발자크 사후에 교육 기관에서《고리오 영
감》이 차지하는 특권적 위치를 감안해 보면 이 선택은 적절한 것
으로 인정된다.《외제니 그랑데》가 발자크의 작품 중 교육 과정의
공식적 프로그램 속에 처음으로 채택되었다는 것은 이미 잘 알려
진 사실이다. 사실 학교는 나무랄 데 없이 훌륭한 텍스트만을 적
절한 것으로 인정하며,《외제니 그랑데》는 1889년에 이 어려운 관
문을 통과했다. 곧이어《고리오 영감》에게는 발자크 소설의 대표
작과도 같은 역할이 부여되었는데, 이는 윤리적인 측면에서라기보
다는 미학적인 측면에 의해서였으며, 또한 발자크 비평에 의해《고
리오 영감》에게 부여되었던 위치 때문이었다. 이런 식의 선정에 대
한 제도적 성격을 강조할 필요가 있다. 그것은 학교의 선택이라는

것이다. 세기 후반에 분권된 이 두 소설들의 재발간 수는 다른 소설들보다 선두를 차지하면서 불후의 명작으로 인정받게 된다.

• 1850년부터 1900년까지 10년 단위로 가장 많이 분권으로 재출간된 소설들

1850-1859년: 《화류계 여인의 영화와 몰락》《두 젊은 부인의 회상록》《신비로운 도톨가죽》《사촌누이 베트》

1860-1869년: 《골짜기의 백합》《두 젊은 부인의 회상록》《외제니 그랑데》

1870-1879년: 《고리오 영감》《화류계 여인의 영화와 몰락》《사촌누이 베트》

1880-1889년: 《외제니 그랑데》《고리오 영감》《위르쉴 미루에》

1890-1899년: 《13인회 이야기》《외제니 그랑데》《고리오 영감》

(D. 벨로의 《발자크 비평》, p.92)

• 바칼로레아에서 프랑스어 구두시험 리스트에서의 발자크

《신비로운 도톨가죽》과 더불어 《외제니 그랑데》와 《고리오 영감》은 학교 수업에서 받는 발자크에 대한 이미지에 가장 잘 부합된다. 학교에서는 소설이란 장르가 필연적으로 19세기 소설로, 더 좁게는 사실주의 소설로 인식된다.

고2 수업에서 가장 많이 읽히는 소설가들 가운데에서, 구두시험용으로 편성된 발췌문 리스트에서 발자크는 플로베르와 스탕달의 뒤를 이어 세번째 위치를 차지하며, 《전집》의 작가들 가운데서는 플로베르·모파상·스탕달·졸라에 이어 다섯번째 위치를 차지한다.[12]

그가 인용된 다른 작가들을 특징짓는 이 사실주의에 덜 부합되기 때문인가? 그의 소설들의 발췌문이 포함되어 있는 주제별 항목 중에서 선두에 오는 것은 바로 '낭만주의'이다. 《고리오 영감》

"《외제니 그랑데》로 인해 나는 무척이나 괴롭힘을 당했습니다." 한스카 부인에게 보낸 이 편지(제1권, p.582)에서 발자크는 비평가들이 《외제니 그랑데》에게 부과한 역할을 씁쓸하고도 솔직하게 털어놓는다. 이 책을 따로 떼어 놓는 것은 우선 작품 전체를 읽어야 할 원리와 작품을 총체적으로 읽어야 할 원리에 어긋난다. 게다가 이 소설이 즉각적으로 얻은 놀라운 성공은 이 작품을 비평이 그의 다른 소설들을 헐뜯기 위해 내세우는 모델로도 만들었다. 《지방 생활 장면들》과 마찬가지로 《사생활의 풍경》을 담은 사실주의 소설의 모델, 편집증으로 황폐해진 사람들의 심리학적 연구의 모델, 균형잡힌 소설 구성의 모델. 이 한 작품에서 인정받은 이 모든 장점들은 다른 작품들을 불리하게 만들기도 했다. 그리하여 생트 뵈브는 이 소설을 두고 진정한 성공이라 얘기하지만, 금세 다른 작품에 관해서는 '끔찍한 뒤죽박죽'이라며 무시해 버린다. 세기말에 이르러 발자크에 대한 평가가 덜 부정적일 때에도, 그 평가는 《외제니 그랑데》를 제외하고는 대개 신중한 태도를 보인다. 발자크를

---

12) 베르나르 베크가 이끄는 INRP 연구팀에 의해 바칼로레아 프랑스어 시험에 관해 진행된 연구 결과를 참조하라. 그 결과는 《텍스트, 주제, 문제 제기》(B. 베크 주도, INRP, 1992)와 《1992년 바칼로레아 프랑스어 구두시험 리스트 관찰》(INRP, 1992)에 수록되어 있다.

훌륭한 사실주의 소설가로 뽑지만, 그 사실주의의 상스러움만큼이나 과장된 소설적인 요소를 못마땅하게 생각하는 에밀 파게는 《외제니 그랑데》에 대해서 순수한 평가를 내린다.

> 내가 보기에 그의 소설들 가운데 마음을 흡족하게 할 만큼 각 장면들이 조화를 이루는 것은 단지 몇 편에 지나지 않는다. 그 중에서 으뜸으로는 《외제니 그랑데》를 꼽을 수 있다. 이 소설에서 이야기는 아주 천천히 지속적인 속도로 진행되다가, 독자의 호기심과 감정이 절정에 이르는 적절한 순간에 정확하게 멈춘다.
> 에밀 파게, 《19세기 문학 연구》, 보뱅에세 출판사, 1887, p.445

《외제니 그랑데》는 느리고 긴 도입 부분과 강렬하고 긴박한 극적 부분(갈등-결말) 사이의 불균형으로 특징지어지는 발자크적 서술 방식을 그대로 재현하고 있다. 이것을 모리스 바르데슈는 《소설가 발자크》(제네바, 슬라트킨 출판사, 1967, p.474)에서 발자크 서술 시학을 이루는 근본 모델로 설명하면서, 이러한 방식이 발자크를 읽는 독자의 기대들을 만족시켜 주는 동시에 서로 다른 구조를 지닌 이야기들의 탈선이라 고려한다.

《외제니 그랑데》에 관한 끊임없는 연구는 발자크 작품에 제기된 질문들의 변화를 쉽게 파악하게 해준다. 초기 연구들은 소설의 지리적·전기적 자료들에 주로 연관되어 있었다. 발자크는 그의 등장 인물과 같은 구두쇠를 과연 만난 적이 있는가? 그가 정말로 소뮈르에 가본 적이 있는가? 사람들은 오랫동안 실제 니벨로의 역할을 한 사람이 존재했다고 믿었다. 그러나 피에르 조르주 카스텍스는 1965년 클래식 가르니에판에서, 발자크가 소설 속 등장 인물들

과 공간을 완성하기 위해 사용한 소재를 소뮈르가 아닌 투렌에서
가져왔다고 밝혔다. 따라서 소뮈르에서 그랑데 저택을 찾는 것은
헛일이며, 발자크 주변에서 그랑데——그의 등장 인물들이 늘 그
렇듯이 그랑데는 복합적인 인물이다——가 될 가능성이 있는 모델
을 찾는 것도 역시 헛수고이다.

또한 피에르 조르주 카스텍스는 책 속 자료들이 오랫동안 연구
되면서 아르파공과 그랑데 사이에 세워졌던 관련성에 이의를 제
기했다. 그랑데는 현대적 구두쇠, 자신의 재산을 늘일 줄 아는 투
자가일 뿐 축재가는 아니라는 것이다. 피에르 바르베리는 인물에
대해 심리학적이라기보다는 사회학적인 이런 재해석을 따르면서,
다른 한편으로는 1825년 소설 《반 클로르》와 1834년의 《외제니
그랑데》 사이에 유사성이 있다고 주장했다. 즉 이 책들의 여주인
공들은 둘 다 숨막힐 듯한 가족 관계에 억눌려 있는 어린 두 소녀
들이다.

최근에는 "근본 동기에 관해서는 자명한 것인 양 더 이상 언급
하지 않고, 보편적 찬사의 때를 벗겨내면서" 이와 같은 연구 작업
이 계속되었다. 소설 편집장 니콜 모제가 〈플레야드〉판에서 그랬
듯이, 필리프 바르티에는 〈폴리오테크〉판(갈리마르, 1992) 《외제니
그랑데》의 주석에서 이와 같은 해석을 집대성하고 있다. 즉 하나의
완화된 이미지만 보이는 계몽 소설로 보는 대신 이들은 모두 그
소설의 폭력성에 역점을 둔다. 여기서 우리는 어떤 역설적인 동화
를 보게 된다. 즉 외제니에게서는 환각적 쾌락의 형을 선고받은 잠
자는 숲 속의 미녀(존 게일의 해석으로 P.바르티에가 인용함)의 모
습을 볼 수 있다. 그리고 그녀의 사랑 속에 그랑데의 탐욕이 포개
어진다. 새로운 해석들은 외제니에게 빼앗을 수 있을 거라 믿었던

성격의 힘을 되돌려 주고, 아버지와 딸의 관계에 근친상간의 모호함과 그 양면적 감정을 복구시킨다. 유순한 딸이 사랑 때문에 반항하게 될 때 그 딸은 아버지의 상징적인 살인자가 되며, 아버지의 분노로 죽음에 이르게 되는 어머니의 간접적인 살인자가 된다. 《사생활의 풍경》은 바로 중산층의 비극이다.(P. 바르티에, p.110-111)

• **발자크의 생존시 출판 상황**

출판 횟수는 종종 어떤 비평을 받았는지에 상관없이 대중 사이에서 한 작품이 얻은 성공을 가늠하는 정확한 척도가 되기도 한다. 따라서 1938년 최초의 포켓판을 발행했던 샤르팡티에 출판사에서의 출판도 의미심장하게 고려해야 한다. 이 포켓판은 한 권 속에 여러 작품들을 빽빽하게 실어서 아주 저렴한 가격(8절판으로 된 책 한 권당 7F 대신 3F 50)으로 제공했다.

《외제니 그랑데》는 다섯 번 재출간되었으며, 그 중 세 번은 분권으로 출간되었다.

1) 1833년 12월, 《지방 생활 장면들》에서(《19세기 풍속 연구》의 제5권과 6권), C. 베세 부인, 제2권, 8절판.

2) 1839년 8월, 샤르팡티에, 제1권, 8절판.

3) 1842년 2월, 샤르팡티에, 개정판, 제1권, 18절판.

4) 1843년 1월, 《인간 희극》의 제5권 , 퓌른판, 8절판.

5) 1849년 11월, 샤르팡티에, 개정판, 제1권, 8절판.

1847년 4월 《콩스티튀시오넬》지 별책 부록으로 발간된 판본도 여기에 첨가해야 한다. 또한 이 일간 신문에서 재발간을 위해 선택한 7편의 발자크의 소설들과 이야기들 가운데 이 책이 처음으로 선택되었다.

《고리오 영감》은 발자크 생존시 다섯 번 재발간되었으며, 그 중 네 번은 분권으로 출간되었다.

1) 1835년 3월, 베르데 에 스파크만, 제2권, 8절판.

2) 1835년 5월, 베르데 에 스파크만, 제2권, 8절판.

3) 1837년 10월, 베르데 에 스파크만, 제4권, 12절판.

4) 1839년 3월, 샤르팡티에, 제1권, 18절판.

5) 1843년 11월, 《인간 희극》의 《파리 생활 장면들》에서 퓌른 판, 제1권, 8절판(〈퓌른 개정판〉에서는 《사생활의 풍경》에 실린다).

여덟 번 재발간된 《신비로운 도톨가죽》이 단독으로 발자크 생존시 가장 많은 재발간을 기록한다.

• 구입 가능한 판본

현재 《외제니 그랑데》는 16개의 다른 판본, 《고리오 영감》은 18개의 다른 판본을 서점에서 구입할 수 있다.

1835년 4월, 언론은 《고리오 영감》의 '대대적인 성공' 을 이야기한다. 발자크는 한스카 부인에게 보낸 편지에서 이러한 사실을 기뻐하는 반면, 《절대의 탐구》가 기대한 만큼의 환대를 받지 못했다고 안타까워한다. "《고리오 영감》에 견줄 만할 성공은 없습니다. 《절대의 탐구》[13]를 무시했던 어리석은 파리가 광고도 채 나가기 전에 《고리오 영감》의 초판을 무려 2백 부나 구입했습니다. 다른 두 곳의 출판사는 현재 인쇄중입니다."(제1권, p.234) 언론 보도의 대부분은 긍정적이긴 하나 발자크가 지금까지 알려져 왔던 이야기꾼

---

13) 이 소설은 발자크가 살아 있는 동안 세 번 출간되며, 그 중 한 번은 분권으로 출간된다.

이라는 역할에서 이제 막 빠져나왔기 때문에 여전히 신중한 태도를 취한다. 사람들은 여전히 발자크 소설의 과장·불균형·비윤리성을 언급하고, 비평가들도 결국에는 발자크의 다른 작품들에 관한 얘기로 되돌아온다.

후세에 이 소설을 읽을 때에는 이 소설의 중심적 위치가 그때까지는 간헐적이었으나 이제는 체계적으로 등장 인물들의 재등장이 이루어졌다는 점으로 정당화된다. 이 소설은 티보데에 의하면 마치 모세포처럼 모소설로 고려되는데, 즉 조직적이고 조직화된 총체로서의 작품의 생성에서 중대한 단계를 구성하고 있기 때문이다. 모리스 바르데슈처럼 작품의 생성 과정 그 자체를 강조하든지, 베르나르 기용처럼 정치적·사회적 사고의 생성 과정을 강조하든지, 혹은 피에르 바르베리처럼 역사적·사회정치적인 맥락에 작품을 연관시키든지간에, 발자크 작품의 생성 과정에 대한 연구들은 마치 대단원에 이르는 것처럼 《고리오 영감》에 이른다.[14]

《고리오 영감》에 대한 비평은 우선 등장 인물에 연관된다. 동시대인들은 이 시조격 영웅을 "이성이 결여된, 오직 본능적 감정만을 가진 과장된 인물"(《콩스티튀시오넬》지, 1835년 4월 13일, P. G. 카스텍스 판본에서 인용됨, 클래식 가르니에판. p.XLIX)이라고 보았다. 사람들은 그런 인물에게 발자크를 장식하는 기독교적 후광을 비추는 것을 분개하며 거부한다.

---

14) M. 바르데슈, 《소설가 발자크, 〈고리오 영감〉의 출간까지 발자크의 소설 기법 형성(1820-1835)》, 플롱, 1940, 제네바, 슬라트킨 출판사, 1967; B. 기용, 《발자크의 정치적·사회적 생각》, A. 콜랭, 1947, 1967; P. 바르베리, 《발자크와 세기병(1799-1833)》, 전2권, 갈리마르, 1971.

나는 '이성이 결여된' 이런 부성애의 감정에 대해서 끔찍한 연민
만을 느낄 수 있을 뿐이다. 왜냐하면 취향에 따라서 그런 편집증이
슬프게도 하고, 웃음을 유발하기도 하지만, 그것이 매력적이지는 않
기 때문이다. 생리학이나 의학사전에서 빌려온 이런 언어 대신에,
작가가 부성애를 그리기 위해서 다른 종류의 사랑에 쓰이는 단어들
을 사용할 때 내가 이보다 더 놀랄 수 있을까? 이런 감정과 문체의
전환은 나를 더욱 충격에 빠뜨리게 한다.

생 마크 지라르댕, 《극문학 강의》, 1843
(자닌 기샤르데, 《H. 드 발자크의 〈고리오 영감〉》에서 인용,
갈리마르, 〈폴리오테크〉 시리즈, 1993)

동시대 비평은 이처럼 질겁하지는 않지만, 고리오에서 "어머니
같은 아버지" 더 나아가 "위임장을 가지고 근친상간하는 사람"
"애인 같은 아버지"의 모습을 발견하고, "심오한 욕구불만이 그 밑
에 깔려 있는 표현, 발자크 자신이 그의 어머니에게 바랐던 이상적
이미지로의 투영"처럼 심리분석학적 개념으로 그를 분석한다.(안
마리 바롱, 《〈고리오 영감〉의 이중의 혈통 혹은 부성애적 이미지에 관
한 발자크적 구성 요소들〉, 《발자크의 해》, 1985)

피에르 시트롱(《발자크》, 쇠이유, 1986, p.176-178)은 유사한 가
정 환경과 학교 생활 등을 예로 들며 등장 인물 라스티냐크를 작
가에 비교하기도 했다. 여러 번 다시 교정된 마지막 장면에는 그의
소설에 대한 도전이 있다. 즉 뉘싱겐 부인의 집에 식사하러 가는
것을 피에르 바르베리는 낭만적인 주인공의 죽음의 표시라고 해석
한다.

라스티냐크가 향하는 곳은 마침내 다시 만난 정부 델핀의 집이 아닌 은행가의 부인 뉘싱겐 부인의 집이다. 그녀는 더 이상 그를 거부하지 못하고, 그녀의 남편은 그가 재산을 늘리도록 돕게 된다. 그녀는 라스티냐크의 공범자가 되는 것이다. 달콤한 시간은 끝났다. 라스티냐크는 낭만적인 사랑의 함정에 빠지지 않을 것이다. 그는 자신이 꿈꾸어야 할 것만 꿈꾸지는 않을 것이다. 추방이 되든지, 승리를 자랑하게 되든지 침울한 미남의 시대는 끝이 났다. 라스티냐크는 자신의 마음에 흡족한 것이 아닌, 역사에의 참여와도 같은 소설을 쓴다.

P. 바르베리, 《발자크의 〈고리오 영감〉, 글쓰기, 구조,
의미 작용》, 라루스, 1972, p.287

보트랭은 분명 가장 매력적인 등장 인물임에 틀림없다. 프루스트도 이 대담한 동성애자에 감탄하지 않았던가. 루카치는 보트랭에게서 발자크적 환상이 집중되어 있는 가장 좋은 예를 찾아낸다. 이것은 "일상적이고 현실적인 가능성과 현실화에 대한 경계를 넘어서면서 사회적 현실의 욕구에 관해 철저하게 파고드는 하나의 고찰에 지나지 않는다."(G. 루카치, 《발자크와 프랑스 사실주의》, 1937, 1967년 프랑스역, 마스페로, p.63) 페르 니크로는 이 인물에 대한 개념을 발자크의 정치적 생각과 결부시킨다.

명철한 사고가 거국적 차원에서 어떤 변화를 일으키는 데 필요불가결한 것이 되려면, 또한 다른 차원과의 충돌에서 잘 헤쳐 나가려면 유일하고 개인적인 한 **사고**가 중심을 잡아야 한다. 그러나 효과적으로 모든 상황들을 지배하기 위해서는 그 사고가 아주 강해야 하고, 농축되어 있어야 하며, 그것이 개화할 때 최소한의 구속만을 받아야 한다. 수많은 대립된 의지는 상황들의 희생자가 될 수도 있을 것이다. 그리고 무엇보다 사회악이 그 힘을 발휘할 때, 때아닌 윤리성을 연루시켜서는 안 된다. 사회악은 마치 제 역할을 하지 않는 모든 사람을 삼켜 버리듯이 사회적으로 약해진 우두머리를 삼켜 버릴 수도 있기 때문이다. 보트랭은 사회와 대결하는 강력한 '의지'를 가진 이러한 가능성의 구현체이다.

페르 니크로, 《〈인간 희극〉에서 발자크의 생각》,

뭉스가르트, 클링트 지크, 1965, p.370

소설의 첫머리에 쓰인 글과 보케르 하숙집과 그 여주인에 대한 묘사도 역시 수많은 연구의 대상이 되었다. 최근에는 장 파리의 《발자크》(발랑, 1986)와 니콜 모제의 《다원적 발자크》에서 그 예를 찾아볼 수 있다. 또 다른 한 예는 장 피에르 리샤르의 것으로 나중에 다루어질 것이다.

---

1. 이야기 전개를 위한 프롤로그

장 파리는 발자크에 대한 기존의 것과는 상반되는 비평을 실천한다. 그리고 발자크를 "그의 선구자들은 얼핏 보았을 뿐인 **논리적 서술**의 창조자로 본다. 그리고 그 논리적 서술은 텍스트 자체의 내용으로서 원칙을 설정한다. 우선 사실주의 글쓰기가 제공하는 정보들에 이의를 제기함으로써 '사실주의' 글쓰기에 대한 끈질긴 편견을 깨는 것이다. 이것은 유명한 **묘사적 프롤로그**의 경우이다. 독자는 이 프롤로그가 상징적으로, 앞으로 전개될 이야기를 형상화한다고 생각지 않을 뿐더러 그 속에 숨겨진 모순들로 인해 내적으로 이미 모방되고 있다고는 대개 생각지도 않는다." (p.133) 그는 이어서 고리오 영감의 첫머리에 쓰인 글의 불확실함과 모순점(즉 보케르 부인과 하숙집 주소, 하숙생들——게다가 그들은 진짜 신분을 숨기고 있다——의 불확실성)들을 낱낱이 분석한다. 따라서 프롤로그는 "반대 명제, 이율 배반, 모순점, 다시 말해 앞으로 전개될 이야기를 생성하는 데 가장 적합한 반대자의 요소들에 지나지 않는다."(p.136)

2. 보케르 부인의 집 '수수께끼'(니콜 모제)

"하숙집과 하숙생들의 관계는 완전히 수평적이다. 이들은 모두 익명성과 무가치라는 가면을 쓰고 있다. 또한 등장 인물들을 분석하는 것과 같은 범주——신분을 감추고 있는 시간(엄폐의 단계와 헛밟기의 단계를 포함), 신분이 밝혀진 시간(진실의 실마리와 사실이 폭로됨이란 두 단계를 포함)——를 집을 분석하는 데 사용할 수 있다."(p.84)

"묘사의 종점에 이르면 하숙집의 미스터리는 밝혀진다. (…) 사실 묘사는 등장 인물들을, 특히 하숙생들을 분석하는 데 사용하게 될 수사의 방법을 모범적 방식으로 시험해 보는 데 이용된다. (…) 따라서 집과 그 집에 거주하는 사람들은 동족 관계에 있다고 할 수 있다. 그러나 여러 장소라든지, 여러 풍습간에 조화를 이루는 고고학적 묘사에 나타나는 것 같은 유사함의 수준이 아니라, 오히려 훨씬 더 추상적인 수준에서의 동족 관계라 할 수 있을 것이다. 하숙집은 겉으로 드러나는 것과 실제 사실 사이에 큰 거리가 있는 장소이다. 왜냐하면 그 여주인이 이 하숙집을 성으로 생각하도록 노력하지만 실제로는 누추하기 그지없는 익명의 집에 지나지 않기 때문이다. 그래서 이 하숙집이야말로 작가가 그의 독서의 기술을 과시하기 위한 최적의 자격을 두루 갖추었다고 할 수 있다."(p.87-88)

《외제니 그랑데》와 《고리오 영감》이 현재 연구되는 유일한 소설들이라고 이 항목을 결론지어서는 안 될 것이다. 《골짜기의 백합》과 《신비로운 도톨가죽》은 바칼로레아의 프랑스어 구두시험에 빈번하게 나오고 있다. 게다가 아주 다양한 분야에서 발자크가 언급된다. 단편 소설들에 대한 관심도 일기 시작함으로써 가장 유명한 작품들에서 벗어나려는 노력도 역시 주지된다. 그러나 많은 고등학생들이 발자크는 지루하고 재미없다고 생각하는 이 이미지를 없애기 위해서는 해야 할 일이 아직 많이 남아 있다.

4. 또 다른 발자크

발자크는 한 사람의 소설가이자 소설가 그 자체이다. 우리가 역사가나 철학자로도 알고 있지만, 무엇보다 거대한 총서를 구성하는 《인간 희극》을 쓴 소설가인 것이다. 이 소설들로 그의 작품의 총체를 만드는 것은 바로 발자크의 바람이었다. 우리가 그를 생각하면 그 이미지가 제일 먼저 떠오르는 한 이런 바람은 대체적으로는 이루어졌다. 하지만 그로 인해 우리는 다른 차원의 글쓰기, 즉 가명 작가 발자크, 《야릇한 이야기》의 작가 발자크, 또한 극작가 발자크와 같은 그의 다른 모습은 종종 망각한다.

가명 작가 발자크

상업용 소설들을 쓰기 위해 오라스 드 생 토뱅 혹은 로르 룬의 가면을 썼던 이를 완전한 권리를 지닌 발자크라 할 수 있을까? 사람들은 그 점에 관해 오랫동안 망설여 왔으며, 아직까지도 몇몇은 여전히 주저하고 있다. 1822년과 1824년 사이 발자크는 수많은 소설을 집필했으며, 그 중 몇 작품은 공동 작업으로 이루어졌다. 그 소설들 가운데 8편이 발자크의 것이 틀림없는 것으로 여겨지고 있다. 그것들은 첫 출판에서는 빛을 보지 못하다가, 발자크가 살아 있던 1836년과 1840년 사이 이미 신분이 밝혀진 생 토뱅의 가명으로 재출판되었을 때 독자들의 호기심에 의해 약간의 성공을 거두게 된다. 왕정복고 초기에 유행한 장르로 씌어진 이 낭만적인 소설들에 대해 작가는 공식적으로 한번도 자신의 작품이라 인정하지 않았다. 작가는 이 소설들에 경멸적 형용사를 부과했으며, 그로 인해 이 소설들은 오랫동안 불명예에 시달렸다. 그 소설들 가운데 2편은 자신의 서문에 '상업 문학'에 속한다고 밝히기도 했으며, 또 하나는 발자크의 서한문에서 '형편없는 글'로 취급당한다.

1. 발자크가 살아 있는 동안에 발간된 청년기 소설들
1822년
―《비라그의 상속녀》, A. 드 빌레르글레/로르 룬.
―《장 루이 혹은 되찾은 딸》, A. 드 빌레르글레/로르 룬.
―《클로틸드 드 뤼지냥 혹은 멋진 유대인》, 로르 룬.
―《백살 노파 혹은 두 명의 베링겔드》, 오라스 드 생 토뱅.
―《아르덴의 보좌신문》, 오라스 드 생 토뱅.

1823년
―《마지막 요정 혹은 마술 램프》, 오라스 드 생 토뱅.

1824년
―《아네트와 범죄자》, 익명.

— 《마지막 요정》, 재판.

1825년
— 《반 클로르》, 익명.

2. 오라스 드 생 토뱅의 전집
1836년
— 《창백한 여인 잔》(반 클로르).
— 《마지막 요정》, 쥘 상도의 《오라스 드 생 토뱅의 삶과 불운》
이 뒤따름.
— 《아르덴의 보좌신부》.
— 《해적 아르고(아네트와 범죄자)》.

1837년
— 《마녀(백살 노파)》.
— 《추방자》, 사후에 발간됨.

1840년
— 《유대교도(클로틸드 드 뤼지냥)》.
— 《동 지가다스》(미발간).

이 소설들이 재출간되려면 20세기 중반까지 기다려야 한다. 알베르 베갱과 모리스 바르데슈 · 장 뒤쿠르노의 총서에서는 부분적으로 출간되었고, 롤랑 숄레[15]의 총서에서는 모두 다 출간되었다.

---

15) 순서대로 정리: 《발자크 총서》《형태와 반영》, 1950-1953. 《총서》, 클럽 드 로네톰, 1955-1963. 클럽 프랑세 뒤 리브르, 1966-1967; 《삽화가 있는 총서》, 비블리오테크 로리지날, 1965-1976; 《발자크 총서》, 로잔, 랑콩트르 출판사, 1958-1962.

1961년에서 1963년까지 장 뒤쿠르노는 1822년에서 1825년 사이에 출간된 8편의 소설 모작(模作)을 발간한다. 열다섯 권의 뒤쿠르노판에 뒤이어 피에르 바르베리가 쓴 제16권(《발자크의 원천, 청년기 소설들》 수록, 비블리오필 드 로리지날)이 나온다. 재출간과 피에르 바르베리의 연구로 인해 이 소설들은 연구자들의 흥미를 다

청년기 소설들의 목록

1. 분권 출판

장 뒤쿠르노의 지도하에 출판된 《청년기 소설》, 비브리오필 드 로리지날, 1961-1963.

《아네트와 범죄자》, A. 로항이 소개, 가르니에 플라마리옹, 1982.

《추방자》의 원고, 《발자크의 해》, 1985.

《마녀》, 르네 기즈가 출간, 조제 코티, 1990.

2. 작품과 관련 기사

알베르 프리울, 《〈인간 희극〉 이전의 발자크》, G. 쿠르빌, 1936.

모리스 바르데슈, 《소설가, 발자크. 〈고리오 영감〉이 발간되기까지의 소설 기법의 형성》(1820-1835), 플롱, 1940; 제네바 슬라트킨 출판사에서 1967년 재발간, p.53-192.

장 포미에, 《문학 작품 창작》, 아셰트, 1955.

피에르 바르베리, 《발자크와 세기병》, 갈리마르, 1970, 제1권, p.233-689.

피에르 바르베리, 《발자크의 원천, 청년기 소설들》, 비브리오필 드 로리지날, 1965, 제16권.

피에르 바르베리, 《오라스 생 토뱅과의 이별》《발자크의 해》,

1963, p.7-30.

롤랑 숄레, 《내 인생의 한 시간 혹은 발자크로 밝혀진 로르 룬》《발자크의 해》, 1968, pp.121-134.

티에리 보댕, 《오라스의 변신 혹은 쥘 상도의 몇몇 소설적 아바타》《발자크의 해》, 1984.

르네 기즈, 《추방자, 원고의 교훈》《발자크의 해》, 1985.

《발자크의 해》, 1986: 청년기 소설 《장 루이》《백살 노파》《아네트와 범죄자》에 관한 T. 보댕, M. 메나르, A. 로항, J. 니프의 4개의 평론.

롤랑 숄레, 《첫번째 발자크에서 생 토뱅의 죽음까지》《발자크의 해》, 1987, p.7-20.

롤랑 숄레, 《〈아르덴의 보좌신부〉의 미지의 시험 혹은 로잔 후작의 미공개 고백》《발자크의 해》, 1989.

시 불러일으킨다. 발자크의 글쓰기의 발전 과정을 연구하는 데 있어, 그리고 한 시대를 풍미했던 낭만적인 코드로 씌어진 낭만주의 소설로서의 그 책 자체를 연구하는 데 있어 사람들이 이 소설들의 중요성을 인식한 것이다.

신문기자 발자크

서점 진열대용 소설가 발자크의 실패 뒤에 새로운 발자크, 즉 신문기자 혹은 언론인 발자크가 다시 태어난다. 거의 알려지지 않은 이 발자크의 글 대부분은 1930년에서 1932년까지 집중되어 있다. 기사를 쓰는 것이 오래 지속되지는 않았지만, 그가 쓴 《파름의 수도원》에 대한 평론(〈베일 씨에 대한 연구〉《르뷔 파리지엔》, 1840년 9월 25일; 《발자크 총서》 제15권)은 제법 많이 알려져 있다.

《인간 희극》작가로서의 발자크만 본다면 이 언론계에서의 경험이 《환멸》에서 얼마나 많은 부분을 차지하고 있는지를 측정하는 데 어려움이 있을 것이다. 발자크는 주문을 받고 일하기로 승낙했고, 루스토와 뤼시앵 드 뤼방프레처럼 자신의 문필을 팔았다. 그는 이 직업과 작가의 까다로움을 양립시키기가 얼마나 어려운가를 경험을 통해 알고 있었다. 소설들을 잡지와 신문에 발간하는 해결책 덕분에 비록 그 부분을 해결했다 하더라도, 분명 그로 인해 그가 비평계로부터 인정을 받는 것이 더욱 늦어졌음에는 틀림없다.

처음에 비평계는 신문기자 혹은 문학비평가의 글에 흥미를 보이고 가에통 리콩과 함께 그 글을 소설 작품을 조명하는 '스케치 수첩'처럼 고려한다.(〈각종 작품들〉의 서문, 《발자크 총서》, 전16권) 더 최근에 와서는 롤랑 숄레가 《언론인 발자크, 1830년의 전환》(클링트지크 출판사, 1983)에서 발자크가 자신을 위해 글을 썼던 이 시기를 연구했다. 그는 "자신을 받아들이는 신문이라는 체계 속에 작가가 통합되는 방식과 또한 이 속박에서 그가 벗어나는 방법"을 보여준다.(p.70) 그것은 "소설가의 경력과 작품에 있어 결정적인 전환"으로 설명된다. 작가는 정통왕정주의에 찬성하는 것이 정치적 개념으로 해석되어 열렬한 항의를 받았던 것에서 드디어 벗어난다. 또한 발자크가 "진행되고 있는 현재"라 명명하게 되는 것에 대해 이제부터 새로운 시선을 가지게 되고, 역사 소설을 쓰려던 계획에서 방향을 전환해 "독자와 함께 의사소통을 하게 되는 새로운 예술"(p.586-587)을 얻게 된다는 점에서도 결정적인 전환점이라 할 수 있다. 이 결정적 전환을 통해 발자크는 월터 스콧적 계획에서 '현재를 이야기하는 역사가'의 계획으로 옮아가게 된다.

《야릇한 이야기》의 작가 발자크

동시대인들로부터 외면당하고 《총서》의 독자들에게서만 인정받는, 예스러운 말투를 쓰는 《야릇한 이야기》의 이야기꾼, 라블레를 방불케 하는 이 발자크는 진지하게 고려될 만하다. 한스카 부인에게 보낸 1834년 10월 26일자 편지에서 《인간 희극》이란 기념비의 건립을 언급하는 이 문장과도 같이 말이다. "그리고 이 궁전의 토대 위에 어린아이 같고 웃기 좋아하는 나는 《백 가지 야릇한 이야기》로 거대한 아라베스크를 그릴 것이다."(제1권, p.204-205) 최근 비평가들은 이 《야릇한 이야기》와 《인간 희극》 사이에 발자크가 짜놓은 밀접한 관련성뿐만 아니라 어떤 전기적 요소들이 예스러운 말투와 익살[16]의 가면으로 어느 정도 감추어져 있는 것에 관해서도 주시하고 있다.

극작가 발자크

극작가 발자크 역시 잘 알려져 있지 않다. 그의 극작품들은 1855년 이래 《총서》에 포함되었으나, 그 《총서》 밖에서는 발간되지 않았다. 작가로서의 활동 가운데 발자크가 이 극작가란 명칭에 부과하는 비중은 그의 경력이 진행되는 동안 많이 바뀌었다. 하지만 그 비중은 여러 중요한 시기들을 표시한다. 비극 《크롬웰》과 멜로드라마 《흑인》처럼, 그가 처음 글쓰기를 시도할 당시 그의 글쓰기는 무엇보다 극작술에 많은 부분 연관되어 있었다. "연극을 쓰고자 하는 마음은 발자크에게 있어 철학에 대한 것만큼이나 오래된 것이다." (R. 숄레와 R. 기즈, 〈극작술에 관한 '요령'〉 《각종 작품들》, 제1권, p.

---

16) 1965년, 1966년, 1984년, 1985년 《발자크의 해》에서 R. 숄레와 C. 네시의 기사들과 《각종 작품들》, 제1권, 갈리마르, 〈플레야드〉판, 1990년호에서 R. 숄레와 N. 모제가 보여준 예시를 참조할 것.

1642) 1840년부터 희곡을 쓰려는 계획이 점점 늘어난다. 르네 기즈는 우리가 발자크에 대해 가지고 있었던 기존의 이미지, 가령 발자크는 단지 소설보다 돈벌이가 잘 되기 때문에 연극에 관심을 가진다와 같은 이미지를 바꾸어 놓았다. 어쨌든 《살림살이를 배우는 학교》나 《계모》 혹은 《허풍선이》와 같은 몇몇 희곡의 경우, 미학적 측면 역시 그만큼 중요하게 고려되었던 것이다. 발자크는 소설에 '진실'을 도입했던 것과 같은 방식으로 연극을 쇄신하기를 바랐다. "내가 소설에 '진실'을 도입하려고 애썼던 것처럼 연극에도 오직 '진실' 이외에는 다른 방도가 없다."(《서한문》, 가르니에, 제3권, p.475) 1843년 이후 생겨난 수많은 계획들은 극작품과 소설 작품 사이에 당연히 상보성이 있음을 증명하는 것이다. 또한 르네 기즈 덕분에 발자크가 그럴 시간만 있었다면 당연히 되었을 사실주의 극작가를 상상해 볼 수 있다.(R. 기즈, 《극작품의 위인, 혹은 발자크의 반복적 환상》, 4부로 이루어진 논평, 발자크의 해, 1966년과 1969년)

발자크가 완성한 희곡들

- 《살림살이를 배우는 학교》, 산문으로 된 5막극, 1839년 2월 25일, 르네상스 극장에서 극본을 읽어본 뒤 거절함. 1910년이 되어서야 초연됨.
- 《보트랭》, 산문으로 된 5막 드라마, 1840년 3월 14일 포르트 생 마탱 극장에서 초연됨.
- 《키놀라의 재원(財源)》, 산문으로 된 5막 코미디, 1842년 3월 19일 스공드 테아트르 프랑세에서 초연됨.
- 《파멜라 지로》, 산문으로 된 5막극. 1843년 9월 26일, 게테 극장에서 초연됨.

- 《계모》, 5막 8장으로 된 내면극, 1848년 5월 25일, 이스토리크 극장에서 초연됨.
- 《허풍선이》, 산문 희곡, 1848년 8월 아카데미 프랑세즈에서 낭독되지만 무대에 올려지지는 않았음; A. 데네리에 의해 각색되어 《메르카데》란 명칭으로 1851년 8월 23일 짐나즈 극장에서 초연됨.

단지 《계모》만이 성공을 거두고, 비평계에서도 좋은 평가를 받았다. 다른 작품들은 상연 횟수의 제한만 받았을 뿐이었다. 그러나 《허풍선이》는 나중에 유명한 후손을 얻게 된다. 왜냐하면 금고를 훔쳐 달아난 조합원 고도와 같은 음성 조직을 가진 이름이 베케트의 부재하는 등장 인물에 붙여질 것이기 때문이다.

연극에 대한 비평은 출간물의 서문과 소개글에서 말고는 거의 찾아보기 힘들다. 르네 기즈의 연구 외에, 앙드레 바농시니의 총괄적인 연구는 이 발자크 희곡이 결코 단일논리적인 것이 아니라는 것을 보여준다.(《발자크의 연극: 동일화의 미학에 대한 승리와 위기》, 《총서와 비평》, XI, 3, 〈H. 드 발자크〉, 1986)

우리는 이 '다른' 발자크를 부수적인 것으로 고려해, 주로 연구 활동에만 종속시킬 수도 있을 것이다. 그러나 발자크를 스탕달이나 위고 같은 다방면의 작가로 보는 것은, 그를 역사적인 맥락 속에 더욱 잘 끼워넣을 수 있게 해줄 뿐 아니라 그때까지만 해도 '이방인'에 불과했던 한 여인에게 보낸 첫번째 편지에서 고백했던, "전체 작품으로 문학의 전체를 대변하고자" 했던 그의 야심을 더 잘 이해할 수 있게 해준다.(1832년 5월, 《한스카 부인에게 보낸 편지》, 제1권, p.11)

III

다양한 비평적 접근

이 장에서는 발자크 소설에 대한 다양한 비평적 접근 방식을 부분적이나마 살펴보고자 한다. 이 접근 방식들은 막연하긴 하지만 비평 분야에 출현한 순서대로 분류된 것이며, 이 각각의 방식으로 연구된 연구서들 역시 연대순으로 정리될 것이다. 단 마지막 항목에서는 연구된 주제에 따라 그것들을 재분류한다.

1. 인생에 관한 이야기들, 작품에 관한 전기들

살아 있는 동안 이미 발자크는 그의 소설에 등장하는 인물로 인식되었다. 그의 예기치 않은 이른 죽음은 생각의 파괴력에 대한 그 이론을 가장 잘 보여준 예가 되었다. 그는 다름 아닌 자신의 작품 외의 다른 부적은 필요로 하지 않는, 글을 쓰는 노예로 전락한 라파엘이었던 것이다. 전통적 비평뿐만 아니라 현대 비평에서도 작가와 작품과의 관계에 대한 질문은 다양한 방식으로 끊임없이 제기되어 왔다.

전기라는 것이 원래 사람과 관련된 것이지만, 그 사람을 소설을 쓴 작가로서 고려하지 않을 수 없다. 따라서 전기는 발자크의 전기적 사건들과 그의 허구적 세계의 요소들을 어느 정도 구분하면서 뒤섞는다. 이렇게 해서 발자크의 삶을 발자크 소설 등장 인물의 그 것으로 다루려는 유혹이 앙드레 모루아의 전기, 《프로메테우스 혹 은 발자크의 삶》을 지배한다. 그럼에도 불구하고 이 전기는 앙드레 빌리(1942)의 전기와 스테판 츠바이크의 《발자크, 그의 삶의 소설》 이란 의미심장한 제목의 전기 이후 오랫동안 중요한 참고 자료가 되었다. 1980년에 모리스 바르데슈가 쓴 전기에는 문학 연구와 전 기가 마구 섞여 있다.[17]

발자크에 관한 가장 최근의 전기는 《서한문》과 《한스카 부인에 게 보낸 편지》의 발행인인 로제 피에로가 플레야드판 《인간 희극》 에서 발자크의 삶과 작품에 대한 연대기를 쓴 것이다. 그의 글은 객관성을 유지하려는 강렬한 의지로 명백한 사실들과 검증된 서류 들만을 담았다는 점에서 작품들에 대한 광대한 분석을 전기에 연 계시킨 피에르 시프리오와 R. 라퐁의 《가면을 벗은 발자크》(1992) 같은 이전의 책들과는 구별된다.

이 발자크에 대한 전기는 한 권의 역사책이지, 그의 광대한 총서 에 대한 주관적 해설서가 아니다. 여러 각도에서 비추어 볼 때 그 의 삶은 하나의 경이로운 소설 그 자체이다. 끈질기게 그를 따라다

---

17) A. 모루아, 《프로메테우스 혹은 발자크의 삶》, 아셰트, 1965. 《부캥》 시 리즈로 재출간, R. 라퐁, 1993.

A. 빌리, 《발자크의 삶》, 플라마리옹, 1942; 1947년 《발자크》의 제목으로 새로이 출간, 클럽 데 제디퇴르, 1959.

S. 츠바이크, 《발자크, 그의 삶의 소설》, F. 델마의 프랑스역, A. 미셸 출판 사, 1950; 프랑스 루아지르 출판사에서 재발간, 1990.

M. 바르데슈, 《발자크》, 쥘리아르 출판사, 1980.

니는 악의에 찬 전설들이 제거된 채 연대순으로 종합적인 삶의 한 단면을 보여주는 확실한 문서들을 통해 우리는 그의 삶을 이해하게 된다.

R. 피에로, 《오노레 드 발자크》, 〈서문〉, 파야르, 1994, p.7

이 불확실한 전설들을 일소시키기 위해서 로제 피에로는 주고받은 편지들, 출판 계약서, 당대 언론의 기사들처럼 그가 해석하기보다는 얼마든지 인용할 수 있는 기록된 자료들로 회귀했다. 사실적인 서술을 위해서 전기 소설이나 소설화된 삶과 같은 모델은 배제하고 오직 정식으로 입증된 자료들로부터 출발하고, 세심한 주의를 기울여서 소설에서 발췌된 묘사들을 인용한다. 이렇게 구비된 모든 자료들로부터 가설을 발전시키고, 신화적 이미지를 거부하는(혹은 복원시키는) 것은 대개 독자의 몫이다. "고독하지만 악착 같은 일꾼"에 대한 초상화, "몽상에 사로잡힌 한 위대한 창조자에 관한 이 전기는 당대 텍스트의 발췌문을 함께 싣는데, 그 병렬 자체로 생기게 되는 여러 가지 뉘앙스와 대조를 통해 생생한 초상화가 그려지게 된다. 그리고 그에 대한 자유로운 평가는 독자의 몫으로 남겨둔다."(p.8)

전기들 각 장면들의 비교

• A. 모루아, 《프로메테우스 혹은 발자크의 삶》, 아셰트, 1965.

1) 상승(10장, 출생부터 1929년 발자크가 파리 문학 서클에 받아들여진 해까지).

2) 영광(10장, 《결혼의 생리학》의 성공에서 1839년 《환멸》 제2부

가 나온 해까지).

3) 《인간 희극》(10장, 기도보니 비스콩티 백작부인의 정복에서 1841년까지).

4) 백조의 노래(12장, 한스카의 죽음에서 발자크의 죽음까지).

• R. 피에로, 《오노레 드 발자크》, 파야르, 1994

1) 유아 시절과 청년 시절(1819년까지, 발자크가 파리에 홀로 머물면서 문필로 살아가기 위해 애쓰던 시절).

2) 《인간 희극》 이전(1819-1828)(철학서와 문학서, 인쇄업의 첫 시도).

3) 《인간 희극》을 향해서(1828-1840)(다시 소설로 돌아온 이후 어려운 시절).

4) 파시와 《인간 희극》(1840-1847)(《인간 희극》의 집필 계획, 교정, 발간).

5) 황혼기(1847-1850)(마지막 해들).[18]

이 두 가지 전기적 장면들에서 전환점이 되는 시기들을 결정짓는 기준들(작가의 삶에서의 사건들, 혹은 작품 속 삶의 사건들)을 비교해 볼 수 있다. 두 전기가 일치하거나 일치하지 않은 이 전환점들이 무엇인지 찾아보기 위해서, 발자크 연구의 입문서 역할을 하는 최근의 한 전기서의 한 장에서 제의하는 기준과 이 장면들을 대조해 볼 수 있다. 두 시기가 눈에 띈다. 즉 1828년[19] 소설 창작으로 회귀한 해와 1940년 작품을 총체적인 것이 되도록 구

---

18) 발자크가 《인간 희극》의 작가로서 인식되는 사실을 확인할 수 있다. 오랜 준비 기간을 거쳐 모든 것이 《인간 희극》으로 집중되며, 이는 발자크의 소설에서처럼 아주 간결한 대단원을 이루는 것과 같다. 발자크의 삶에 대해 이야기할 때에는 아마도 발자크적 소설의 모델에서 완전히 벗어나기는 어려운 것 같다.

성하는 마지막 단계가 시작되는 해이다.

> • A. 로자와 I. 투르니에, 《발자크》, A. 콜랭, 1992
> 1) 1799-1814년: 〈오노레 발자크〉.
> 2) 1815-1828년: 〈파리와 나〉.
> 3) 1828-1833년: 〈댄디즘 생활과 비참한 생활〉.
> 4) 1833-1840년: 〈천재〉.
> 5) 1840-1850년: 〈신비로운 도톨가죽〉.

　전기적 연구는 소설 작품 속에서 자서전적인 요소를 찾던 예전의 관습과 관련이 있다. 많은 저서들과 논문들이 허구 속의 인물과 장소의 모델이었던 인물 혹은 장소를 찾는 데 몰두했다. 그것에 대한 예는 《외제니 그랑데》와 《고리오 영감》에 관해 얘기할 때 이미 언급한 바 있다. 문학 텍스트의 내재적 분석에 의해 한발 뒤로 밀려난 전기적 연구는 오늘날 변화한 모습으로 다시 나타난다. 이제 더 이상 소설을 모델 소설과 혼동하지 않으며, 전기가 어떠한 변형도 겪지 않은 채 작품 속에 나타날 수 있다고 믿지도 않는다. 대신 전기에 대한 지식이 소설을 이해하는 데 가져다 주는 것, 작품 속에서 작가와 관련된 것, 혹은 작품 속에서 작가의 존재를 나타내는 것을 고려한다.(1994년 3월 발자크 연구에 대한 국제학회 세미나에서 I. 투르니에와 C. 뒤세가 제기한 문제) 이것은 결국 우리가

---

19) 이 연도의 중요성은 R. 피에로의 연구서에서는 1830-1831년의 중요성을 강조하는 R. 숄레의 분석을 한 장(章)을 따로 마련해 다시 실음으로써 다소 완화된다. 신문과 잡지에서의 활발한 활동은 발자크가 그의 시대에 관해 가지고 있는 시선을 변화시킨다.(《언론인 발자크, 1830년의 전환》)

앞으로 살펴보게 될 정신분석학적 혹은 사회비평학적 해석으로 통하게 된다.

전기적 연구의 또 다른 유형은 작품에 대한 전기와 연관된다. 발자크 작품에 대한 전기들 가운데 첫번째는 발자크의 대부분 원고를 수집한 스포엘베르크 드 로방줄 남작이 1879년 칼망 레비에서 출간한 《오노레 드 발자크의 작품사》이다. 이 책은 오랫동안 중요한 참고 문헌이 되었다(재판은 1886년에 교정되고 증보된다. 1888년에 다시 한번 교정된 제3판이 발간된다. 1968년에는 제네바의 슬라트킨 출판사에서 모작으로 재발간된다). 그후로 작품에 대한 주요 전기들이 속속 등장함을 볼 수 있다. 1830년 이미 언급한 바 있는 롤랑 숄레의 저서 《언론인 발자크》, 1836년 라파엘 드 세자르의 연구서 《1836년 12월의 비참과 영광》(밀라노, 비타 에 펜시에로 출판사, 1977). 최근에 와서는 1992년에 스테판 바송이 발자크 작품의 글쓰기와 출판의 역사를 《오노레 드 발자크의 작업과 나날들, 발자크의 창작 연대기》에서 집대성했다. 이 작품에서는 편집·출판·재출판 등 발자크의 다양한 작업들의 일람표를 연별·달별로 참고할 수 있을 뿐만 아니라, 출판물의 인쇄 소재에 따른 작품들의 유형학과 연대별로 틈틈이 정리된 주요한 전기적 요소들을 참고할 수 있다. 그리고 마지막 장(章)은 '종이로 대성당을 건축하는' 연속적 단계들을 묘사하는 종합적인 내용을 담고 있다.

《인간 희극》은 완벽한 탄력성을 지향하면서 항구적으로 확장하는 세계이자 독서의 행위와 노력이 지키고자 하는 약속이다. 《인간 희극》의 제스처는 결코 돌발적인 것이 아니다. 이것은 여러 방식으로 스케치되었고, 가지각색의 방식으로 준비되었다. 하지만 《인간 희극》의 결정으로 인해 작품의 영역에서 초래되는 변화들을 파악하기 위해서는 체계화되기 이전의 여러 시도들에 대한 재검토가 필요하다. 주의를 기울일 것은 일련의 새로운 접근 방식들, 혹은 총서가 완성되는 과정에서의 연속적인 단계들보다는 불안정한 글쓰기와 창작을 극복하고, 무질서를 흡수함으로써 하나의 통일성을 형성하려는 의지이다.

S. 바숑, 《오노레 드 발자크의 작업과 나날들》(p.16)

작품의 전기적 연구는 여기서 분명 생성의 연구, 즉 총체성으로 작품을 인식하는 개념의 생성, 그것에 관한 연구로 연결된다. 뿐만 아니라 이미 출간된 소설들을 발자크가 끊임없이 교정하는 것에 대한 연구가 그 기본 자료가 된다는 점에서 유전학 분야에도 역시 연결된다. 유전학에 대해서는 초안이 아닌 인쇄된 텍스트를 가지고 다시 검토할 것이다.

2. 비평의 종합

이폴리트 텐의 핵심적 시도 외에 발자크를 인식하기 위한 종합적인 연구서들로는 우선 이미 언급한 바 있는 에밀 파게의 연구서와, 다른 한편으로는 《1789년부터 현재까지 프랑스 문학사》 속에서의 알베르 티보데의 연구이다. 1923년 독일에서 처음 출간된 뒤, 10년이 지나 번역이 된 에른스트 로베르트 쿠르티우스의 주목할 만한 연구서는 발자크 작품에 대한 해석을 쇄신시키는 데 뚜렷한 일조를 한다.(《발자크》, 1923; H. 주르당 프랑스어역, 그라세 출판사, 1933) 휴고 폰 호프만슈탈 이후 좀더 심화된 방식으로 쿠르티우스는 그가 선구자라 생각하는 티보데처럼 에너지 체계를 강조하기 위해서, 세기말 프랑스의 사실주의적이고 실증주의적인 비평을 능가하는 한 비평 방식을 제안한다.

쿠르티우스는 자신이 살았던 시대의 철학적 사고들과 연관시켜 발자크 작품의 종합력과 통일성을 입증하고, 작품뿐 아니라 작가의 명확한 원리들을 밝힌다. 즉 작품은 발자크가 현실 전체를 해석하는 데 도움을 받는 어떤 체계에 근거를 두고 있으며, 쿠르티우스는 금으로 상징되는 생명경제학의 차원에서, 권력에 대한 의지와 사랑이라는 상반되는 이중의 형태로 나타나는 욕망 에너지론 차원에서, 또한 에너지들을 응집시키기 위한 조건들의 탐구로 설명되는 정치적 선택의 차원에서 그 체계를 분석한다.

보트랭: "웅장한 형상으로 응집되고 축적된 모든 에너지의 총체."
결국 보트랭은 발자크에게 있어 "모든 인간의 힘들을 요약하는" 악마적 본성을 지닌 전형이 된다. 에너지, 그것도 웅장한 형상 속에 응집되고 축적된 에너지의 총체라고? 발자크는 그의 책에서 이 멋진 광경을 실현시켜야 했었다. 그리하여 그는 반항자, 초인, 악에 매혹되는 천사인 보트랭을 창조했던 것이다. 보트랭은 그의 예술가적 상상력과 권력에 대한 의지로 탄생된 총아이자 자신의 초상화이다. 하지만 그 초상화는 악마의 손으로 그려진 것이었다.

E. R. 쿠르티우스, 《발자크》(p.162)

에너지와 함께 발자크 작품의 또 다른 중심 단어는 "그의 존재와 정신 세계, 그리고 그의 작품의 유일한 뿌리"인 총체성이다. 이 총체성은 절대에 관한 탐구로 해석되며, 그가 살던 시대의 다양한 과학적 언어들을 제 것으로 만들면서, 뿐만 아니라 과학적이라기보다는 마술적인 인과 관계에 속하는 삶의 '미스터리' 역시 통합하면서 세계의 총체성을 인식하고 감싸안으려는 욕망으로 작동한다.

쿠르티우스의 연구는 때때로 신화화되는 것으로 보일 수도 있는 발자크적 재능에 비평적 기념비를 세우는 데 기여하는 한편, 작품의 복잡성과 함께 그것의 모순점과 긴장을 모두 측정한 첫번째 연구서이다. "번역판[발자크]은 분석적이고 신화적이며, 몽상적이고 과학적인 방식으로 예술이란 언어를 통해 총체성에 대한 생각을 현실화시킨다."(p.311) 또한 이것은 《인간 희극》을 현대 소설의 창안이라고 본 첫번째 연구서일 뿐 아니라, 또한 발자크를 "소설로서 현대 삶을 표현하는 총체적인 형태를 만든" 사람으로 보는 첫번째 연구서이다.(p.340)

중요한 초기 대학 비평들은 마르셀 부트롱이 그 시발점을 이룬다. 모리스 바르데슈의 저서 《소설가, 발자크》는 하위 제목인 《〈고리오 영감〉을 발간하기까지 발자크의 소설 기법 형성, 1820-1835》(플롱 출판사, 1940; 제네바, 슬라트킨 출판사 재발간, 1967)이 알려주듯이 발자크가 어떻게 소설가가 되는가를 연구한다. 소설 기법의 생성 과정을 기술하기 위해 모리스 바르데슈는 계속해서 소설을 쓰면서 습득한 서술적 기법과 그것의 재사용을 분석하고, 그것을 체계적인 견습 단계들별로 소개한다. 이전 형태를 모방하고 반복하고 변형하는 것이 미래 작품을 준비하는 데 꼭 필요한 단계라 소개한 이 연구서의 목적론적인 면은 이론의 여지가 있는 것으로 보일 수 있으나, 분석의 세부적인 사항은 대체적으로 훌륭하다. 게다가 이 연구서는 청년기의 작품들과 그 이후의 작품들 사이에 어떤 연속성을 처음으로 확립했다는 점에서, 그리고 발자크가 가명을 쓰던 발자크와 밀접한 연관이 있음을 보여주었다는 점에서 그 가치가 크다. 마지막으로 이 연구서는 총서의 미학적 가치들에 몰두하는데, 그 소설적 특수성은 극장르와의 관계를 분석함으로써, 그리고 특히 발자크의 서술적 시학에 관한 첫번째 연구라 할 수 있는 '구성의 스타일'을 분석함으로써 드러난다.

소설 기법의 내재적 법칙

발자크가 월터 스콧의 소설에서 취했던 것은 바로 이것이다. 또한 그가 어떤 공식을 사용하든지간에 발자크의 소설은 언제나 비교적 짧은 위기와 긴 준비 단계의 결합이다. 열거, 한걸음 뒤로 물러남, 묘사, 다음날의 하루 일과, 중심부의 대조, 인물 묘사, 분석, 사생활의 짧은 단상들, 제1부에서 발휘된 것과 같은 세부 사항들은 클라이맥스의 순간에 그 모든 힘이 등장 인물 각각의 말과 제스처에 무게가 실려야 한다. 소설의 분배는 일종의 서술의 역학 법칙에 근거하여 중심 장면에 힘이 실려야 한다. 그리고 소설의 중심부는 선행하는 것의 무게가 더욱 강하게 느껴지면 질수록 더욱더 극적인 것이 된다. 월터 스콧의 소설에서는 이야기의 외관에만 적용되었던 것으로 발자크는 '소설의 내재적 법칙'을 만들었던 것이다.(M. 바르데슈, p.498-499)

이에 못지않게 중요하고 보충적인 연구서로는 베르나르 기용의 저서 《발자크의 정치적·사회적 생각》(1947, A. 콜랭, 1967)으로, 1834년까지 사상가 발자크의 형성 과정을 다루고 있다. 베르나르 기용은 과학적이고 철학적인 원리들과 관련 있는 발자크의 정치적·사회적 생각의 변화 과정을, 다시 말해서 그 생각이 체계적으로 형성되어 가는 방식을 연구한다. 그리하여 그는 정치적 입장의 급진적인 변화(1820년 자유파에서 1833년 왕당파로) 뒤에 내재하는 어떤 연속성을 밝혀낸다. 그것은 바로 사회에 대한 열정적인 규탄과 인간 조건을 향상시킬 수 있으리라는 믿음이다. 소설에서 보여지는 사회에 대한 비난과 작가가 역설하는 왕정과 종교의 원리들 사이의 뚜렷한 모순은 근본적으로 다른 두 개의 관점, 즉 주어진 현실을 그리는 소설가로서의 관점과 정치적·사회적 이론가로서의 관점이 공존하는 것으로 설명된다. 전자는 '무엇보다 진실을 추구하는' 자이며, 후자는 살아 있는 유기체(발자크에게 그것은 바로 사회이다)를 유지시키는 것, 즉 어떻게 살게 하는가에만 관심을 갖는 자인 것이다.

  그리하여 개인의 관점에 위치하는 소설가 발자크에게 영감을 불어넣는 무정부주의를, 그가 사회(혹은 정부, 혹은 국가, 혹은 권력, 혹은 왕자, 이 모든 단어들은 그에게 동일한 의미를 지닌다)의 관점에 위치하게 되는 순간부터 거의 필연적으로 최대한 강경한 반인격주의와 전체주의 경향의 독재주의와 일치시킨다.

  B. 기용, 《발자크의 정치적·사회적 생각》(p.699)

  이렇게 베르나르 기용은 발자크의 정치적 생각을 다루면서 사회에 대한 관심의 필수적 역할을 강조하지만, 소설이 보여주는 묘사와 그 당시 사회적 현실이 일치하느냐에 대한 질문은 생략한다. 반면 이 질문은 장 에르베 도나르의 저서 《〈인간 희극〉에 나타난 사회적·경제적 현실들》(A. 콜랭, 1961)의 중심에 위치한다. 이 책은 역사적인 조사를 통해 발자크가 당대의 사건들과 문헌들로부터 영감을 받아 "사회의 각 계급을 있는 그대로 그렸다"고 결론내렸다. 이와 같은 분석들은 피에르 바르베리에 의해 마르크스적 관점으로 연구될 것이다.

하지만 이와 같은 관점의 비평에 접근하기 전에 발자크가 사상가란 가설에서 출발하는, 사고 체계에 대한 추세들을 정확하게 찾고자 하는 또 다른 연구서를 인용해 볼 필요가 있다. 페르 니크로는 《〈인간 희극〉에 나타난 발자크의 생각, 몇몇 중요한 개념의 소묘》(뭉스가르트, 코펜하겐, 1965)에서 자신의 연구 목적을 "사고의 구조, 참고 혹은 기준점의 체계" 그리고 "아주 광범위한 의식적 척도로서의 체계"로 정의한다. 《분석적 연구》에서 절정을 이루는 《인간 희극》의 피라미드식 구조는, 그것이 인간에 관한 학문과 인간과 세계의 관계에 관한 학문을 세우려는 의지를 나타낸다는 점에서 진지하게 고려되어야 한다. 페르 니크로는 정신적 에너지의 의미에서의 '사고'와 등장 인물들을 결정하고, 전체 세계와 사회의 계급화된 구조를 이루는 '영역들'과 같은 철학 체계의 몇몇 중요한 개념들을 분석한다. 《인간 희극》에 대한 매우 추상적인 비평이지만 일관성이 없다는 비난에 맞서, 단순한 일관성을 강조하지 않고서 그것의 철학적 가치를 법적으로 인정하고, 그것을 "다의적이고 체계적으로 모호한" 것으로 기술한다.(p.321)

3. 마르크스식 비평

이 비평 담론은 1960년대말부터 1970년대말에 이르기까지 대단한 발전을 거듭했다. 이 기간 동안 이 마르크스식 비평의 파급은 공산주의 지식인들의 서클 너머까지 확장되었다. 발자크에 대한 마르크스식 해석은 우선 그 비평이 마르크스주의적이다라는 특이한 점을 지니고 있다. 마르크스와 엥겔스는 향후 발자크에 대한 다른 비평들(그 중 상당수는 마르크스식이다)에게 영향을 미치게 되는 새로운 길을 열었다.

발자크 소설들[20]에 대한 마르크스의 찬사와 그의 권유로 책을 읽게 된 엥겔스가 이런 찬사에 동감하면서 영국의 여류 소설가 마거릿 하크네스에게 주는 아낌없는 조언들로부터 출발하도록 하자. (1888년 4월의 편지. K. 마르크스 · F. 엥겔스, 《문학과 예술론》에 수록, 사회주의 연구서, 1954, p.315-319) 엥겔스는 그녀의 작품이 충분히 사실적이지 않음을 지적하면서 이 기회에 사실주의에 대한 정의를 내리는데, 이 정의는 마르크스식이라기보다는 발자크적인 것처럼 보인다. "내 생각에 사실주의란 세부 사항들을 정확하게 묘사하는 것 외에도 전형적인 상황들 속에서 전형적인 성격들을 정확하게 재현하는 것이기도 하다." 그후 엥겔스는 발자크를 "철저히 작가의 내적 의도를 배재한 채" 사실주의를 보여주는 소설가의 전형으로 삼는다. 따라서 그가 제안한 간략한 분석은 후세에 발자크의 마르크스주의적 비평이 발전하는 데 있어 결정적인 역할을 하게 된다.

---

20) 이 소설들 중에는 《미지의 걸작》《화해한 멜모스》《마을의 신부》《고브세크》《농부들》과 희곡 《메르카데》가 있다. 철학 소설과 환상 소설이 끼여 있는 것을 주시해 볼 수 있으며, 후세 비평이 선호했던 사실주의 소설 3편이 끼여 있는 것도 주목해 볼 수 있다.

내가 **과거, 현재, 그리고 미래**에 나타날 졸라보다 훨씬 더 위대한 사실주의의 대가라고 평가하는 발자크는 프랑스 사회의 가장 훌륭한 사실주의적 이야기를 《인간 희극》을 통해 보여준다. 영향력 있는 부르주아지가 **낡은 프랑스 예절의 깃발**을 다시 세우려고 애쓰는 귀족에게 점점 강한 압박을 행사하는 것을 풍속의 연대기라는 형태로 1816년부터 1848년까지 거의 매년 묘사하면서 말이다. (…) 이 중심 광경의 주변에서 그는 프랑스 사회의 모든 역사를 개관하며, 이를 통해 나는 경제적 세부 사항들에 대해서도(예를 들자면 혁명 후에 나타난 실질 부동산과 개인 부동산에 대한 재분배 문제) 당대의 역사가 · 경제학자 · 통계학자의 책들에서보다 더 많은 것을 배웠다. 분명 정치 분야에서 발자크는 왕정주의자였다. (…) 하지만 그럼에도 불구하고 자신이 아주 깊은 호감을 갖고 있는 이 귀족 남녀들을 정확하게 묘사할 때 그의 풍자는 더없이 예리하며, 그의 반어법은 더욱 신랄하다. 그리고 가감없는 찬사를 보내며 얘기하는 유일한 사람들은 다름 아닌 그가 가장 악착스럽게 반대해 온 생 메리 수도원의 공화국 영웅들, 즉 이 시대(1830-1836) 대중들의 진정한 대변자들이다.

F. 엥겔스, 《문학과 예술론》(짙은 서체는 이 책에서 프랑스어로
씌어진 표현들이다; 엥겔스에 의해 삭제된 단어들은 삭제시켰다)

엥겔스는 긍정적 가치를 지닌 등장 인물들이 실상은 발자크 자신의 정치적 견해에 반대되는 인물들이라는 점에 찬사를 보내고, 마르크스주의적 명제에 대한 공인된 권위를 그에게 부여하면서 자신의 뜻과 상관없이 진보주의자가 되어 버린 발자크에 대한 역설적인 주장을 되풀이한다. 우리는 1850년에 위고가 그의 저서를

'혁명적인' 것으로 규정하였으며, 또한 1881년에는 졸라가 이 선언을 되풀이했었다는 것을 기억하고 있다. 발자크 대 발자크식의 이러한 해석은 확대되어만 가고, 결국 아주 상이한 비평적 접근 방식들[21] 속에서 다시 나타나게 된다.

두번째 중요한 점은 엥겔스가 기술하는 '사실주의'의 정의이다. 그가 발자크 소설에서 정당하다고 판단하는 것은 역사적 자료가 아니라 계급간 권력 관계에 관한 정치적·경제적 해석이다. 분석을 통해 현실에 부합되는 것을 사실적이라 특징짓는 것도 바로 이 부분이다. 소설은 거울이지만, 그것은 단순한 관찰의 대상이 될 수 없는 투쟁과 사회적 관계를 비추는 거울이다. 사실주의와 현실에 동시에 적용되는 이 새로운 정의는 발자크 소설에서 은연중에 드러나며, 여기서는 유물사관으로 통합된다. 따라서 전형적인 상황들과 등장 인물들을 사용한 사실주의를 특징짓는 것을 '마르크스식' 관점으로 이해해야 한다. 그리하여 전형의 개념은 발자크적 메타 언어에서 문학적 묘사에 대한 마르크스식 이론으로 옮아가게 된다. 이 편지의 마지막 독창적 요소는 발자크와 졸라의 비교이다. 물론 여기서 졸라는 희생된다. 이러한 비교 역시 관심은 조금 줄어들기는 하되 폭넓게 발전해 나갈 것이다.

이와 같은 해석의 실마리를 계속 발전시키고 심화시키는 첫번째 중요한 저서는 디외르디 루카치의 《발자크와 프랑스 사실주의》(1934-1935; 1951년 서문, 1967년 프랑스어로 번역됨, F. 마스페로, 1967)이다. 루카치는 엥겔스 이론의 기초를 이루는 사실주의의 정

---

21) 《발자크 대 발자크》, 마리 보르, 카이에 드 레그랑틴, 제15호, 1933; 장 프레빌의 기사 제목, 《위마니테》, 1933년 10월 23일; 프랑크 쉬레베겐의 최근 저서 제목(내용은 정치적인 것과 무관하다).

의를 보다 분명하게 명시한다. 그는 "그 시대의 중대한 문제들 속에 뿌리박음으로써 혹은 현실의 참된 정수의 가차없는 묘사"로, '위대한' 사실주의 혹은 '비평적' 사실주의의 특징을 규정한다. (p.17) 더욱 정확하게 말하자면 "발자크는 역사를 발전시키는 거대한 사회의 힘과 이러한 발전의 경제적 토대들을 밝힌다."(p.41)[22] 발자크의 **폭로하는 묘사**는 그것이 마르크스의 사회-경제적 분석들을 확고하게 해주는 한 정당한 것이다.

루카치는 '전형'이라는 다소 모호한 관념을 개념으로 바꾸는 작업을 계속하면서 "문학의 사실주의 개념에 대한 기준과 중심 카테고리"와 같은 중요성을 그 속에 부여한다.(p.9) 그는 역사적인 한 시기에 인간적·사회적으로 꼭 필요한 결정적인 모든 요소들이 만나고 집결하는 중간적 성격의 전형을 따로 구분한다. 왜냐하면 여러 가지 전형들을 만들 때 "그 속에 숨겨져 있는 여러 가능성들이 극단적으로 발휘되는 가장 높은 발전 단계에서 이 요소들이 드러나기 때문이다."(p.9) 따라서 역동적이고 모순적이며 복잡한 그들의 본성을 강조하는 등장 인물들은 비평의 모든 관심을 이 요소들에 집중시킨다.

---

22) 규범이 된 이와 같은 사실주의의 정의는 정통적 마르크스식 미학이 강요하려고 하는 발자크적 모델을 거부하는 B. 브레히트에 의해 "몽타주를 제명하지 마시오. 내적 독백을 배척하지 마시오! (…) 예술에서의 테크닉은 1900년대부터 발전을 거듭하고 있음을 인정하시오! 분명 위대한 작가이자 나쁘지 않은 사실주의자인 발자크, 과연 그는 정확히 어디쯤 위치하는가? (…) 예를 들어 그는 끊임없이 몽타주를 통해 수십 페이지를 '동기와 아무 관련이 없는' 주제들에 삽입한다. 그는 사실주의자이며, 모든 수단을 써서 현실에 근접하기 위해 노심초사 작업한다. (…) 발자크로 만족하라고 조언하는 것은, 바다로 만족하라고 누군가 조언하는 것과도 같다!"(1938), 《사실주의에 관하여》, 라르세, 1970, p.84-85.

이 개념들을 명시하는 부연 설명들 외에 루카치가 발자크 비평에 결정적으로 기여한 것은 소설의 분석을 통해서이다. 《환멸》에 대한 그의 해석은 무척 유명하다. 그는 이 소설을 "정신의 자본화에 관한 비희극적 서사시"라 묘사한다. (…) "발자크는 문학이 상업화되어 가는 변환 과정을 총체적으로 광범위하게 묘사한다. 즉 종이 제조에서부터 작가의 구상, 생각, 그리고 감정에 이르기까지 모든 것이 상품화된다."(p.50)

《농부들》에 대한 분석은 발자크에 '반하는' 비평의 아주 명쾌한 예를 보여준다. "발자크는 소멸해 가는 귀족들의 대농지에 관한 비극을 쓰고 싶어했지만 (…) 결국 그가 쓴 것은 농부들의 작은 농토에 관한 비극이었다."(p.19) 이 발자크의 '실패'는 그가 '변치 않는 관찰자' 라는 사실에 기인한다. 그들이 속해 있는 역사적인 상황에서 등장 인물들간의 묘사는 분석에 따른 것이지 어떤 의견에 순응한 것이 아니다. 발자크는 이 투쟁을 두 진영만이 아닌 세 진영, 즉 귀족과 농민 그리고 고리대금업자의 대립으로 묘사한다.

정객(政客)으로서 발자크의 바람은 고리대금업자에 대항해 대농지 소유주와 농민이 서로 연맹을 맺는 것이다. 하지만 그는 농부들이 고리대금업자들을 증오하면서도 그 패거리들과 손을 잡고 대농지 소유주에 대항할 수밖에 없는 사정을 사실주의의 모든 능력을 발휘해서 구체적으로 보여주어야 한다. 봉건적 착취를 일삼는 일당에게 대항하는 농부들의 투쟁, 자기 소유의 작은 농토, 그 한덩이 땅을 지키기 위한 농부들의 투쟁은 폭리를 탐하는 자본주의로부터 고통을 당하는 인간들의 투쟁으로 그려진다. 귀족의 대농지가 소멸되는 비극은 이렇듯 작은 농토의 비극으로 바뀐다. 즉 봉건적 착취로부터 해방된 농부들이 어떻게 해서 이제는 자본주의의 착취를 받게 되는지 보게 된다.

G. 루카치, 《발자크와 프랑스 사실주의》(p.28)

이와 같은 해석들은 마르크스식의 재표명을 통해 텍스트의 핵심이라 할 수 있는 역사적·경제적인 면만 따로 떼어 놓는다. 이는 사실주의적 묘사를 고찰하는 새로운 길을 열긴 하지만, 문학 텍스트를 예술 작품이 아닌 지식의 담론으로 다룬다. 이러한 해석들은 1960년대에 들어서서야 프랑스에 소개된다.

《농부들》에 대한 해석은 피에르 마슈레(《〈발자크의 농부들: 부조화의 텍스트들〉, 문학 작품의 이론을 위해서》(F. 마스페로, 1966, p. 287-327))로 이어지는데, 그는 자신이 '부조화'라고 부르는 **발자크의 이중의 담화**가 무엇에 기인하는지를 설명한다. 마슈레는 그 속에서 발자크 소설이 의도하는 이중의 목표, 즉 작가가 알고 싶어하고, 또한 알리고 싶어하는 과학적이고 서술적인 목표와 그가 어떤 평가를 내리고 싶어하는 이데올로기적이고 윤리적인 목표의 결과를 본다. 민중에 대항하는 글을 써서 자신이 묘사하는 그 위험을 미리 경고하고자(이데올로기적 목표) 그 사실을 얘기하는 것이다(정보를 주는 목표). 난폭한 농민이 사회적 질서를 위협한다는 해석 너머 "부르주아의 나라 프랑스에서 농민이 역사적으로 그 힘이 쇠퇴되어 간다"는 해석이 가능하며, 부자에 대항하는 가난한 자들의 음모 너머 가난한 자들에 대항하는 부자들의 음모가 보이는 이러한 이중의 해석을 가능케 하는 것은 바로 이와 같은 묘사 때문이다. 이러한 분석은 전형의 범주 안에서 세계를 파악하고, 그 세계의 다양성을 재현하고자 하는 목표에 속하는 사회적 전형과, 반대로 판단이란 이데올로기적 목표에 속하면서 서로 닮아가다가 결국 합병되는 능력으로 특징지어지는 윤리적 전형을 구분시킨다.

발자크의 사실주의에 대해 마슈레가 재표명한 내용을 보면 상당한 변화가 있다. "실제적 세계와 소설적 세계 사이의 대응은 특수한 요소들의 영역에서 실현되는 것이 아니라 체계의 영역에서 실현된다. 그 체계는 현실성의 효과를 창출하는 총체적인 소설적 체계를 말한다."(p.309) 따라서 이 사실주의는 판단력과는 별개인 꿰뚫어 보는 듯한 발자크의 관찰력과 그의 특별한 통찰력에만 의존해서는 안 될 것이다. 이 사실주의는 텍스트가 창출한 효과, 텍스트가 허용하는 해석, 결국 텍스트와 그것에 대한 해석의 상호 작용으로 생긴 산물일 것이다. 이것은 발자크를 해석하는 데 있어 상당한 변화이다. 그가 제공하는 사회상이 '진실'인 것같이 보일지라도 그 효과는 문학적 수단으로 얻어진 것에 지나지 않는다. 무엇보다 발자크는 소설가이지 역사가도 경제학자도 아니기 때문이다. 피에르 마슈레는 루카치의 비평과 문학이 현실을 그대로 반영한다는 반영 이론 속에 발자크에 대한 자신의 이론을 투영시킨다.

피에르 바르베리의 박식하면서도 전투적인 연구[23]는 "부단하고 총체적인 발자크"에 대한 총체적 해석을 제안하고 있는 만큼 루카치의 비평적이고 이론적인 명제들의 중요한 연장선상에 있다.(《발자크, 사실주의 신화》, p.33) 사실상 고려되어야 하는 것은 총체적 발자크이다. 오라스 드 생 토뱅의 저서들은 모두 발자크의 철학적

---

23) 이 연구서들은 《발자크와 세기병》(전2권, 갈리마르, 1970) 《발자크, 사실주의 신화》(라루스, 1971) 《발자크적 신화》(A. 콜랭, 1972)와 같은 중요한 연구서들을 통합하는 것으로, 앙드레 위름세르의 논쟁적 성격의 책 《비인간 희극》(갈리마르, 1965)의 뒤를 잇는다.

야심으로 진지하게 고려된다. 모든 것을 총망라하는 것에 대한 부담과 함께 각각의 전후 맥락에 대한 걱정도 엿보인다. 바르베리는 루카치처럼, 하지만 조금 더 정확성을 가지고서 역사적·경제적 그리고 정치적 맥락 속에서 발자크를 해석하려 애쓴다. 1848년 이전 증가하는 중산 계급에 대한 예를 보자. "몇몇 징후에도 불구하고 발자크의 소설은 중산 계급이 '여전히' 세기초, 인간성의 초기에 머무른다는 점에서 중산 계급의 초창기에 대한 소설이다."(p.41) 우리는 이 '여전히'란 말에서 바르베리가 세기 후반과 은연중에 대립시키고 있음을, 그리고 루카치와 마찬가지로 플로베르나 졸라의 소설들에 대해 아주 부정적인 평가를 하고 있음을 발견하게 된다.

더 정확하게 바르베리는 발자크의 정치적 생각의 변화와 함께 생 시몽파와 같은 정치사상가들과의 관련 사항들을 밝힌다.(《발자크와 세기병》 제1권, p.744) 그는 1830년의 경험이 발자크의 정치적 노선에도 역시 영향을 미친 것으로 본다. 또한 그가 군주제 이론에 동의하는 것을 초기 자유군주제 시절 느낀 환멸 때문인 것으로 보고, 그래서 7월 왕정에 대한 더 신랄한 비평을 할 수 있는 위치를 선택한 것으로 해석한다. 이렇게 정확한 역사적 상황 파악에 탁월한 바르베리는 앙시앵 레짐의 향수에 젖은 발자크의 모습을 그린 루카치적 이미지를 거부하고, 대신 《마을의 신부》(《발자크적 신화》, p.185-193)에서 지방 경제의 후진성을 통탄하는 이상주의적 발자크의 모습으로 그 이미지를 대체한다. 그것을 조직하고 계획하는 원리들은 '앞선 사회주의'적인 뭔가를 포함한다.

이렇게 모든 것이 바르베리에게는 역사적·정치적으로 해석이 가능하다. 정열·환상·신화, 또한 《인간 희극》의 원동력이라 할 수 있는 격렬한 생명력, 바로 그 속에서 발자크가 그 시대 사회와 대립하게 되는 원리를 발견할 수 있다. 이런 분석들이 발자크 비평에 도움을 주는 것은 확실하다. 우선 특수한 철학, 즉 유물사관에 의존하는 이 분석들은 현실의 재현이란 문제에 관해 격렬한 논쟁을 불러일으켰다. 그리고 텍스트의 투명성이란 이론의 여지가 있는 전제 사항에도 불구하고 이 분석들은 일명 '현실'이 소설의 소재가 아니라 그 대상이 된다고 강조한다. 또한 이 분석들은 한 소설 텍스트가 동시에 여러 개의 담화를 담을 수 있고, 작가가 밝힌 의도를 초월할 수 있음을 증명한다. 이것은 앞으로 문학 텍스트와 사회적 현실 사이를 조정하는 프리즘에 대한 연구와 발자크의 '사회비평적' 연구들이 전개시켜 나갈 소설의 다성적(多聲的)인 특징에 대한 연구, 이 두 갈래 길로 나아가게 된다.

4. 주제 비평과 정신분석학적 비평

비평사에 부합되는 의미로서의 주제 비평과 좀더 광범위한 비평 절차로서의 주제 분석을 구별해야 한다. 역사적으로 자리잡은 주제 비평은 문학의 역사적 접근에 반대하며 1960년대를 거치면서 완성되었다. 가스통 바슐라르의 연구에 근거를 둔 주제 비평은 상상적 세계에 우위를 둔다. 가장 잘 알려진 주제 비평의 대표자인 조르주 풀레와 장 피에르 리샤르는 문학 텍스트가 제공하는 외형과 시간·공간·감각 같은 실존적 테마들에 몰두한다.

조르주 풀레는 《인간의 시간에 대한 연구》(플롱, 1950-1952)의 한 장(章)과 《발자크 총서》(제10권)에 수록된 〈발자크적 공간과 시간〉(t.X)에서 발자크에게 있어 시간의 비극이 무엇인지를 분석한다. 그것은 다름 아니라 "지속하기 위해서 어쩔 수 없이 자신의 시간을 **먹어야** 하고, 자신의 본질로 스스로를 살찌우도록 선고받은 **존재의 비극**"(p.Ⅱ)이다. 더 정확하게 이야기하자면 《인간 희극》이란 건축물에 내재된 시간의 개념을 "앞에서나 뒤에서나 모든 것이 동일하게 연결되는 연속성, **충만한 지속성**" "처음에는 서서히 과거를 재건하면서 역행하다가 시간의 비탈길과 원인들의 사슬을 다시 거슬러 올라가 현재와 미래를 향해서 점진적으로 재조직되는 움직임"(p.Ⅲ)으로 설명한다. 그는 발자크를 원인과 추상(抽象)을 위해서 결과와 현실을 무시할 정도로 '존재'에 관한 모든 역사적 결정들을 선행하고, 끼워맞추고, 지휘하는 어떤 절대의 생성 원리를 탐구하는 사람으로 묘사한다.

작품 전체를 통해서 드러나는 작가의 의식, '사유의 세계'를 파악하고자 조르주 풀레는 전기적 자료들이나 문학사적 자료들을 참조하지만 그것을 실현하지 못한 채 작품이란 건축물의 생성 원리를 기술하는 데 그친다.

반대로 장 피에르 리샤르는 그의 분석을 텍스트에 한정시켜 단 한 권의 텍스트를 미세하게 분석하거나 그의 내재적 비평이 모든 작품을 통해 하나의 주제에 따라 어떤 외형을 구성하도록 한다. 《낭만주의에 관한 연구》(쇠이유, 1971)의 일부는 발자크에게 할애되어 있다. 바로 〈발자크적 육체와 배경〉으로, 《인간 희극》에서의 발자크의 에너지 넘치는 상상적 세계에 관해 기술한 긴 장(章)이다. 그는 생명 에너지라는 중심 주제 주위를 불(주인공들의 감정 발산)·액체(피는 액화된 불이다) 혹은 빛과 같은 부수적인 주제들로 그물망을 짜나가면서 소설들을 분석한다. 에너지는 머리카락·이

마·입술 같은 특권을 가진 신체적 부위에 표시된다. 장 피에르 리샤르는 열정적 생명력의 이롭거나 혹은 유해한 형상들을 분석하는데, 가령 쇠약한 신체, 굳어 있는 얼굴 표정, 앙상한 몸매나 반대로 비만한 몸매 등은 부정적인 축을 차지한다. 반면 행복한 육체의 편에서는 시선을 끄는 인물의 신체 포인트, 시선에서 느껴지는 에너지들, 유동성과 같은 '꽉 찬 생명력'의 모티프를 발견하게 된다. 부드러운 것이나 굴곡이 있는 것에 대한 기호(嗜好)는 발자크적 에로틱함을 특징짓는 것이기도 하다. 작용과 반작용의 연속으로 인식되는 발자크적 생명력은 역동성을 만들어 낸다. 대립되는 형상이 여기에 중심 자리를 차지하면서 갈등을 유발시킨다. 그것은 대개 다수에 대항하는 단 한 인물의 투쟁이다.

감각적 대상에 대한 상상력의 작용에 관한 그의 연구는 발자크적 감각도(높은 곳에서 바라볼 때의 환희와 대조의 풍요로움)에 근거를 둔 것이다.

> "예를 들어 사회적 파편들의 인간적 결합 장소이자 황폐함과 더러운 때의 객관적 박물관이라 할 수 있는 보케르 여관을 생각해 보자. 발자크는 우선 여관의 다양한 공간들에 객관적인 외관을 부여하면서 우리를 이곳저곳으로 안내한다. 하지만 거실의 보잘것없는 자질구레한 물건들의 세심한 관찰이 끝나면, 우리는 식당을 감도는 끈적거리고 초라하기 그지없는 기운에서 흐느적거리게 된다. 묘사는 체계적으로 구획을 정해 기술하는 것을 멈추고, 조금씩 조금씩 허공에 붕 떠올라 숫자와 몰상식함, 터무니없는 만남, 악몽 같은 물건더미들로 일종의 환각 상태에 빠뜨리게 하는 것 같다. 따라서 시선에 의해 포착된 모든 대상들, (…) 이 모든 대상들은 분명 사실적이긴 하되 아주 몽환적 사실성을 지니

도록 의도된 배경을 설정한다. 그 파편들을 구구절절하게 묘사하는 것은 역설적으로 메마름·비천함·고갈을 드러낸다. 이는 발자크 작품에서 흔히 보이는 늘어나는 골동품, 쌓여 있는 자잘한 물건더미, 끝없는 묘사(사실 그것은 객관성에 대한 망상에 지나지 않는 것이다)의 희열이다. 우리는 그 속에서 물질이 부풀어 올라 분출해 버리는 것을 목격하고 있다는 느낌을 받는다. 따라서 사기를 최대로 저하시키는 의도로 가득 찬 듯한 광경들이 여기서는 가장 강력한 생명력의 인상을 제공한다. 모든 발자크적 세계에서는 텅 빔의 의지마저도 결국에는 충만함의 열광에 귀착하게 된다." (J. P. 리샤르, 《낭만주의에 관한 연구》, 쇠이유, 1971, p.125)

소설에서 재현된 감각적 세계를 외적 지시 대상이 아닌 상상적 세계 위에다 펼쳐 놓은 이와 같은 분석은 발자크에 관한 비평적 시각을 쇄신시키는 데 커다란 기여를 하였다. 그러나 역사적 요인이 배제된다는 것과 양도될 수 없다는 것 때문에 곧 비난을 받기도 했다. 그 분석의 섬세함과 우아함은 주제 비평의 어려움마저 보여준다. 주제 비평 기술과 그 태도의 미덕은 한 텍스트 혹은 여러 텍스트들에 흩어져 있는 요소들로부터 명확하고 일관성 있는 주제망을 만드는 것이다.

따라서 주제 비평은 진정한 후계자가 없다. 대신 그것(주제 비평)은 하나의 개념이나 하나의 관념에 근거를 둔 의미 내용을 연구하는 분야의 일환을 이룬다. 19세기 **악**의 상상적 세계에 관한 연구라는 틀 안에서, 막스 밀네르는 선과 악의 개념 너머에 위치하는 《인간 희극》의 거대한 육식 조류들이 그럼에도 불구하고 특수한 악의 형태를 띠고 있음을 보여주었다. 그것은 "숭고한 작품으로서의 삶에 대한 증오와 불신"이다. 그로부터 조물주를 대신하려는 보트랭의 의지가 생겨난다. 그는 상상력의 측면에서의 '예술가'가 되는 것에 만족하지 못하고, 영혼을 팔면서까지 신이 되고자 한다. "(…) 악마적인 예술가는 인간이라는 악기로부터 끄집어 낸 하모니를 향유할 것이다. **현실적** 감정들로 이뤄진 이 하모니들은 그에게 환상이 아닌 세계를 소유한다는 현실을 알려 줄 것이다."(〈발자크 작품 속에 나타난 악의 시학〉, 《발자크의 해》, 1963, p.329-331) '파리의 시(詩)'에 관한 피에르 시트롱의 연구(《루소에서 보들레르까지 프랑스 문학》에서 《파리의 시(詩)》, 전2권, 미뉘 출판사, 1961)는 이와 유사한 관점을 취하고 있다. 발자크를 다루는 페이지들은 파리에 관한 주제를 형성함에 있어 1833년에서 1835년까지 이 해들의 중요성을 강조한다. 파리-여자, 파리-풍경, 파리-악마는 발자크의 시적 파리가 완성되기까지의 과도기적 이미지이다. 파리는 마치 하나의 세계처럼 묘사되며, 모든 이미지들은 그 세계의 역동적인 가치를 드러낸다.

1980년대를 거치면서 사람들은 주제 비평을 짓누르는 주관성과 용이함에 대한 의심을 걷어내고, 주제란 개념에 이론적이고 체계적인 엄격함을 제공하려는 노력을 하기 시작했다. 이렇게 해서 제랄드 프랭스는 주제를 아주 많은 요소들을 배열할 수 있을 만큼 큰 텍스트 단위의 무한대 수로 묘사되는 '생각의 범위'로 정의할 것을 제안한다. 선별 절차와 적합성의 기준을 명시한 것은 주관성을 피하는 체하지 않고 최대한의 엄격함을 부여하려는 의도이다. "나는 언제나 내가 주제 비평하는 작품을 손질한다."

이렇게 주제 비평은 몇몇 기술적 절차들을 제안한다. 그러나 그 절차들은 해설자로 하여금 또 다른 차원에서 이 기술을 통합할 가

《외제니 그랑데》의 〈주제 비평하기〉

제랄드 프랭스는 《외제니 그랑데》를 예로 들어, 발자크적 묘사의 특수성을 밝혀 주는 '기호와 사물 사이의 간격'의 틀을 만들 것을 제안한다. 따라서 기호/사물의 관계를 가리키는 단위들(메타언어적 · 해설적 주석들, 연극에 관한 언급들, 실재와 외관의 차이를 나타내는 언급들, 명사와 파롤의 자의성, 기호로서의 돈 등)을 선택해서, 그 단위들이 서로 대립되도록 만들어야 한다. "따라서 부연된 요약문이 소설의 묘사로 귀결될 수 있다. 그것에 따르면 여주인공은 가혹한 체험을 겪은 후에 자신의 세계에서는 상황이 공격을 당할 수 있다고 결론을 내리고, '고통으로 살고, 고통으로 죽는 품위 있는 사랑' 자기애, 자동사적 사랑 속으로 피신한다."
(G. 프랭스, 〈주제 비평하기〉, 《시학》, 제64호, 1985, p.425-433)

능성을 주제 밖에서 찾게 만든다. 밝혀진 구조들을 사회적 상상력에 속하는 것으로 고려하느냐 혹은 개인적 상상력에 속하는 것으로 고려하느냐에 따라, 주제 비평은 사회비평적 해석 혹은 정신분석적 해석으로 귀착될 수 있다. 가장 빈번한 것은 정신분석학적 해석이다. 《신비로운 도톨가죽》과 도시 속의 사막이라는 특수한 발자크적 장소에 대한 자닌 자야의 평론들은 정신분석학적 해석을 향한 주제 비평의 문이 열린 것이라 할 만하다.(《피도라 혹은 타인의 육체〉, 《발자크와 신비로운 도톨가죽》에 수록, C. 뒤세 출판사, 1979; 〈발자크의 장소들〉, 《시학》에 수록, 제64호, 1985)

발자크 총서의 정신분석학적 비평은 아직 그 수가 적다. 마르트 로베르는 발자크의 총서를 "잘못 태어난 것, 운수가 나빴던 것, 사랑을 받지 못한 것에 대한 형언할 수 없는 수치를 설명하기 위해 모두 일부러 지어낸 자전적 우화"라고 간주하며 정신분석학적 비평의 길을 열었다.(《기원의 소설과 소설의 기원》, 갈리마르, 1972; 〈텔〉 시리즈, 1977, p.46) 《인간 희극》은 보상 심리에 의해 세력과 명성을 꿈꾸고, 자신이 만들어 낸 등장 인물을 통해 자화상을 계속 손질하고, 또한 "전지전능하고 신성한 조물주"(p.254)의 역할을 하는 사생아 계열 소설로 읽혀진다. 그의 책을 《발자크 안에서》(쇠이유, 1986)라고 제목을 붙이면서 피에르 시트롱은 작품과 작가를 따로 떼어 놓지 않기를 바란다. 그는 "발자크 작품 전체 속에 자신과 그의 가족, 그리고 그의 연인이었던 여성들이 존재함"을 연구하는 것을 목적으로 삼는다. 그는 몇몇 텍스트(소설과 특히 중편소설)의 아주 예리한 분석을 통해 소설적 글쓰기로 다듬어진 자서전적 소재를 밝혀낸다. 이것은 아주 빠른 리듬의 글쓰기로 인해 대개는 파묻혀 있던 이 소재가 가끔은 수면 위로 드러난다는 가정에서 출발한 것이다. 피에르 아브라앙의 《지적 창작에 관한 연구, 발자크의 피조물들》(갈리마르, 1931, 1949)과 마르트 로베르의 성찰의 연장선상에서 피에르 시트롱은 발자크의 이중성에 사로잡힌 소설적 세계를 보여주고, 또한 화자들 사이에서 서로 닮은 이들(예를 들어 사바뤼스)과 서로 닮지 않는 이들(신체적·사회적 측면에서는 서로 다르지만, 드 마르세처럼 공통된 특징들을 보여주는 이들)을 구별한다. 작품의 자전적 뿌리(어머니 사랑의 결핍, 그 사랑이 가장 좋아했던 누이 로르와 베르니 부인에게로 전이됨, 막내 남동생에 대한 질투)에서 출발해 그는 텍스트들 속에서 그 흔적들을 발견하려 애쓰고, 등장 인물로부터 그 자전적 모델(들)을 식별하고, 한 이야기(《오노린》)에서는 형제에 대한 근친상간적 사랑에 대한 두려움을 읽어내거나 혹은 다른 이야기(《고브세크》)를 간통자 어머니에게 가하는 질책으로 해석한다. 그리고 1835년 이후에는 이 흔적들이 서서히 퇴색한다고 결론짓는다. 안 마리 바롱(《저주받은 아이, 인간 희극에서의 무의식》《텍스트 아 뢰브르》 시리즈, 나탕, 1993)은 최근 발자크의 상상적 세계에 관한 연구를 계속하면서 소설 작품과 소설 세계 속에서 사랑받지 못한 유년기로 남겨진 흔적을 탐색했다. 그것은 마치 《인간 희극》의 작가가 자신과 그의 주변 인물들을 투영시킨 등장 인물들을 창조함으로써 쫓아내는 '동일화의 현기증'과도 같은 것이다. 이 연구들은 자전적 정보가 텍스트를 해석하는 데 도움은 주지만 대개는 중요하지 않는 것으로 간주되는 것을 헤아려 보게 한다. 그것은 바로 존재의 효과로서, 설명이라기보다는 질문에 해당되는 어떤 존재, 바로 발자크이다.

5. 시적 비평과 기호학적 비평

소설 시학이나 글쓰기의 문제에 우위를 두는 연구들이 이 항목에서 다시 소개된다. 이제는 당연한 것으로 여겨지는 이 연구들을 위해서는 우선 오랫동안 비판을 받아왔던 발자크 작품의 시적·문체론적 연구가 선행되어야 한다.

발자크의 소설 기법을 연구한 초기 대학 연구서 중 하나는, 이미 언급한 바 있는 1947년 모리스 바르데슈의 《소설가 발자크》(슬라트킨 출판사, 1967)이다. 과연 소설의 정의된 '시학'이 있는가를 회의하면서, 그는 콩트작가의 조명 효과나 대조·과거 회상 등 우리가 이미 살펴본 적 있는 소설의 기법들을 서술하는 데 몰두한다. 즉 바르데슈는 발자크의 '구성의 문체'를 연구하고, 그 준비 과정의 중요성을 강조한다. 그의 주요한 관심은 《인간 희극》의 자율성과 통일성을 명백하게 밝히는 것이다. 이와 관련하여 그는 발자크 소설의 마지막 장면들에 관한 중요한 지적을 한다. "《인간 희극》이 존재하는 순간부터 종지부란 없다."(p.608) 또 다른 초기 저서 가운데 피에르 로브리예의 《발자크 소설 기법의 지성》(디디에, 1961; 제네바, 슬라트킨 출판사, 1980)은 발자크 소설의 미학을 분석한다. 이후에 나온 수많은 연구서들은 무슨 문제를 제기하느냐에 따라 구분될 수 있다. 가령 문체에 관한 것일 수도 있고, 소설과 다른 예술 혹은 다른 장르와의 관계에 관한 것일 수도 있으며, 소설 시학의 현상들에 관한 것일 수도 있다.

발자크의 문체에 관한 평가가 오랫동안 아주 적의적이었던 탓에 그 수가 적은 편인 문체에 관한 연구서들 가운데 뤼시엔 프라피에 마쥐르의 연구((《인간 희극》에서의 은유적 표현》, 클링트지크, 1976)를 한번 인용해 보도록 하자. 그는 어떻게 은유가 단지 장식적이고 암시적인 것에 머무르지 않고 세 개의 주요한 축 주변에서 소설적 세계를 조직하고 구성하는지를 보여준다. 에너지 넘치는 원리가 담겨 있는 그 세 개의 주요한 축이란 바로 유희, 가부장제, 인간의 육체를 말한다.

많은 연구서들은 소설과 다른 예술들 혹은 다른 장르들과의 관계를 묻는다. 올리비에 보나르의 저서((《발자크의 창조물 속의 회화, 《대문에 실타래 장난을 하는 고양이가 그려진 집》에서 《고리오 영감》에 이르기까지의 회화적 창조와 비전》, 제네바, 드로즈 출판사, 1969)는 몇몇 회화적 소재라든지 이미지가 발자크의 비전에 얼마나 활기를 주는지 그 역할을 밝힌다.

발자크의 희곡은 이미 언급했던 르네 기즈와 앙드레 바농시니

의 연구를 제외하면 여전히 그 연구가 거의 이루어지지 않고 있
다. 그들의 연구들은 연극, 그 중에서도 특히 멜로드라마가 소설
을 그 모델로 삼는 방법에 관한 것이다. 크리스토퍼 프렌더개스트
와 피터 브룩스는 소설 시학에서 멜로드라마의 중요성을 인식하
게 만든 연구서를 처음으로 발표했다.(C. 프렌더개스트, 《허구와 멜
로드라마》, 런던, E. 아놀드 출판사, 1978; P. 브룩스, 《멜로드라마적
상상력》, 런던, 예일대출판부, 1976) 더 최근에 와서 앙드레 바농시
니는 발자크가 멜로드라마적 코드를 활용하는 그 변화 과정을 분
석하면서, 발자크가 비평적 거리 없이는 그것을 사용하지 않으며,
《피에레트》 이후에는 그것을 사회적 연구에 사용하고 있음을 보여
준다. 즉 "절대를 탐구하는 드라마가 하찮은 드라마의 탐색을 대
체하게 된" 것이다.(《《피에레트》와 멜로드라마적 코드의 개혁》, 《인
간 희극의 '순간'》, PUV, 1993)

발자크 소설을 대중 문학으로 이해하는 것은 이미 오래전부터
발자크에게 있어서는 불명예스러운 것이 아니었다. 자닌 기샤르데
와 쥘리에트 프뢰리는 발자크 소설들과 동화와의 관계를 연구했
다.(《르뷔 드 시앙스 위멘》지, 제175호, 7월–9월, 1979; 《발자크의 해》,
1985) 〈발자크와 신문 소설〉(《발자크의 해》, 1964)에 관한 르네 기
즈의 평론은 발자크 소설을 신문 소설로 보는 것이 그를 이해하고
받아들이는 데 얼마나 도움이 되는가를 증명해 주었다. 이 평론은
발자크의 평판이 하락되는 원인을 신문 소설에 열광하는 대중들
의 탓으로 돌린다. 또한 《인간 희극》의 세 부분 사이의 불균형을,
다시 말해 지방 생활 장면들에 비해, 더 나아가 정치 생활 장면들
혹은 군사 생활 장면들에 비해 파리 생활 장면들에 부여된 특권을,
자신을 속박하는 것에 순종하는 발자크의 탓으로, 그의 취향의 탓

으로, 그리고 검열의 결과 탓으로 돌린다. 자체 검열은 이미 자명하다. 《가짜 애인》의 경우 교정하는 과정에서 너무 환멸스러운 대단원을 소설적 대단원으로 바꾼 것도 이와 같은 경우에 해당된다. 이러한 생각은 이자벨 투르니에의 〈세에라자드에서의 발자크의 초상〉《인간 희극의 '순간'》(PUV, 1993)에서 계속된다.

또 다른 일련의 연구서들은 서술적 시학이나 기호학적 시학에 속한다. 이러한 방향으로의 첫걸음은 분명 제라르 주네트가 《피구르 II》에서 부분적이나마 발자크에게 할애한 《진실임직함과 동기부여》(쇠이유, 1969)라는 평론일 것이다. '담화'와 '이야기'에 관해 에밀 벤베니스트와 대립되는 입장을 계속 취하면서, 그는 발자크 소설에서 담화가 우세함을 힘주어 이야기한다. 비록 그가 발자크의 "설명하는 악마"를 빈정거리기는 해도, 전통적인 것으로 고려되는 이 소설이 "담화가 이야기를 침략한다"는 점으로 인해 프루스트 소설과 근접시킬 수 있음을 추론해 낸다. 그러나 그의 주된 목표는 다른 데 있다. 바로 발자크 소설에서 너무나 중요한 인과 관계가 실은 가(假)동기들에 근거한 것임을 낱낱이 밝혀내는 것이다.

우롱당한 한 여자가 원한을 품고 복수를 하느냐, 사랑으로 용서를 하느냐는 그 여자의 의지에 달린 것이다. 바르주통 부인은 《환멸》에서 이 두 가지 잠재성을 차례로 모두 평가한다. 소설 속 심리의 차원에서는 그 어떤 감정이라도 그 어떤 행위를 정당화시킬 수 있다 할지라도 그 결정들은 여기서는 거의 가(假)결정이다. 이 위험스러운 자유를 깨닫고, 격정하는 발자크는 **왜냐하면 따라서**를 무턱대고 조금은 남용함으로써 그 자유를 감추려고 애쓴다. (…) **왜냐하면 따라서**의 의심스러운 남용은 한번 생각해 보면 그것이 감추고 싶어하는 것, 즉 **이야기의 자의성**을 오히려 강조할 뿐이다.

(…) 따라서 동기는 허구의 규칙인 최후의 결정이 제공하는 외양이자 원인적 알리바이이다. **왜냐하면**은 **왜**를 잊게 하고, 그리하여 허구적으로 꾸며진 것임을 감추면서 그 허구를 실현시키거나(진짜인 것처럼 믿게 만든다는 의미) 혹은 자연스러운 것으로 만드는 역할을 한다.

G. 주네트, 《피구르 II》(p.85)

일반적인 이야기나 사실주의적 이야기의 기능을 분석하는 것이 목적인 이러한 분석은 인식론적 맥락 속에서 발자크 소설의 인과 관계를 밝히는 것은 무시한다. 이것은 소설의 총괄적이고 통일적인 목표를 정당화시키는 자연과학의 모델이 된다.

너무 방대한 발자크의 소설은 구조적 분석의 대상은 전혀 되지 못했다. 구조적 분석은 플로베르나 모파상에게 더욱 치중되어 있었던 것이다. 《S/Z》(쇠이유, 1970)에서 롤랑 바르트의 《사라진》 비평은 발자크적 사실주의에 대한 문제 제기뿐만 아니라 바르트 저서의 발전에 있어서도 중요한 단계를 표시하는 것이었다. 구조적 분석을 본뜬 《사라진》 비평은 그것의 예증이 "글쓰기는 모든 충동, 모든 근원의 파괴"(1968, 《언어의 잡음》, 쇠이유, 1984, p.61)라는 것을 보여주는 《작가의 죽음》이란 유명한 평론에 첫 구절로 이미 사용된 만큼 작가뿐만 아니라 이야기의 맥락은 잠시 제쳐둔다. 발자크의 텍스트가 해석상의 협정에 관한 문제를 주제화시키는 방식을 연구하면서(거세에 관한 이야기는 언제나 제재를 받는다), 이 우화는 우리에게 [대상]이 [행위]를 변형시키는 것을 가르쳐 주는 것이다. 바르트는 "책임감 있고 상업적인" 동시에 자기 자신을 비추는 듯한 이야기의 성격을 강조하며, 계속해서 구조적 관점을 취한다.(p.218-219) 그럼에도 불구하고 총체적 목표는 다른 데 있다. 즉 한편으로 이론적인 측면에서 텍스트 전체를 고려해야 하는 구조적 분석의 의도가 헛된 착각임을 보여주는 것과, 다른 한편으로는 '읽혀질 수 있는' 텍스트, 즉 고전적 텍스트가 어떤 다원적 의미들로 만들어졌는지를 보여주는 것이다. 어휘들(lexies)로 분해된 텍스트 그 자체로서 충분한 해석이 가능하다는 텍스트 해석의 재정의는 분명 발자크식 문학사가들로부터 격렬한 항의를 불러일으켰다. 하지만 《S/Z》는 발자크의 고전 텍스트 한 권을 예를 들어 수많은 의미를 도출해 내려는 계획에서 출발했지만, 사실주의적 묘사에 관한 생각을 쇄신시키는 데 기여했을 뿐 아니라 발자크 작품에 관해 품을 수 있는 단일 논리적 개념을 흔들리게 하는 데에도 역시 기여했다.

묘사하는 것, 그것은 사실주의 작가가 언제나 들고 다니는 빈 액자(화가(畵架)보다 더 중요하다)를 이런 편집광적인 작업 없이는 파롤에 접근할 수 없는 한 무더기의 사물 앞에 거는 것이다. (…) 그것에 관해 말하자면 작가는 초기 의식(儀式)을 통해 우선 '현실'을 그려진 (틀에 끼워진) 사물로 변형시켜야 한다. 그 다음에는 이 사물을 떼어내 그의 그림에서 벗겨낸다. 한마디로 말하자면 탈-묘사하는 (dé-peindre) 것이다(dépeindre란 코드들의 융단을 펼치는 것, 한 언어에서 하나의 지시 대상으로가 아니라, 한 코드에서 다른 코드로 지향하는 것이다). 이렇게 사실주의(이것은 잘못 명명된 것이거나 대개는 잘못 해석된 것이다)는 현실을 복사하는 것이 아니라 현실의 그려진 복사본을 다시 복사하는 것이다.(XXIII, 《회화의 모델》[24])

고전 텍스트에서 (…) 대부분의 발화체들은 그 시초가 있어, 우리는 그들의 아버지와 주인을 확인할 수 있다. 그것은 어떤 때에는 하나의 의식(한 등장 인물의, 작가의)이고, 어떤 때에는 하나의 문화(익명도 역시 하나의 기원, 하나의 목소리이다. 예를 들면 보편 개념을 나타내는 약호 속에서 발견할 수 있는 것)이다. 하지만 파롤을 차지하려는 강박관념에 사로잡힌 이 고전주의 텍스트에서 목소리는 마치 담화의 구멍으로 사라지듯이 길을 잃는다. 따라서 고전주의 다원성을 상상하는 가장 좋은 방법은 수많은 주름들 위에 걸려 있으며, 매 순간 갑작스럽게 사라지는 음으로 포착되는, 다채롭게 반짝이는 수많은 목소리처럼 텍스트를 듣는 것이다. 그 목소리들의 통로는 하나의 관점에서 다른 관점으로 예고없이 발화가 이동하는 것을 가능케 한다.(**XX**, 《목소리의 소거》)

롤랑 바르트, 《S/Z》에 수록(p.61, p.48-49)

거의 같은 시기에 사실주의적 묘사에 관해 회의하는 베르나르 바니에는 육체의 묘사에 대한 글쓰기를 통해 좀더 정확하게 발자크적 인물 묘사를 연구한다.(《육체의 등록, 발자크적 인물 묘사의 기호학을 위해서》, 클링트지크 출판사, 1972) 인물 묘사에 대해 텍스트 단위의 분석을 해나가면서(장소 · 조직 · 기능) 그는 인물 묘사에서 지배적인 회화적 참조에 관해 올리비에 보나르가 해왔던 보다 전문적이고 광범위한 연구를 기호학적 관점으로 다시 시작한다. 그리고 인위성을 감추고, 자연을 그대로 본뜬 그림으로 가장하기

---

24) 이와 같은 분석은 묘사와 지식 사이에 세워진 밀접한 관계를 연구하는 R. 르 위낭과 P. 페롱의 평론 《발자크와 묘사》로 이어진다. "묘사란 지식의 강제에 의해 기억 속에 저장된 자국이나 흔적의 반복"에 지나지 않는 것이다.

위한 것이라고 그것을 해석한다. "그림처럼 보이는 것 덕분에 씌어진 글은 사물 그 자체의 진실에 한 단계 근접하게 될 것이다." 베르나르 바니에는 발자크적 인물 묘사의 '자연미'에 이의를 제기하기 위해 롤랑 바르트에게 협력하면서, 사실주의적 묘사가 무엇보다 '기술법의 놀이'라고 결론짓는다.(p.68, 185)

뤼시앵 달랑바흐는 발자크 소설의 완성도 내지는 소위 '읽기 쉬움'에 관한 질문으로부터 발자크의 사실주의 소설이 얻게 된 해석상의 문제 제기를 계속한다: 〈단편에서 우주까지, 《인간 희극》과 비평의 작업〉, 《시학》, 제40호, 1979; 〈조각들로 만들어진 전체〉, 《시학》, 제42호, 1980. 《시골의 뮤즈》에서의 글쓰기와 읽기의 주제 비평화에 관한 분석을 하면서, 뤼시앵 달랑바흐는 이 완벽에 대한 욕망 속에서 "단점들을 완벽하게 숨기려고 의도된 신화" 즉 부인의 몸짓을 발견한다. 그리고 《인간 희극》에서는 구성의 통일성이란 원리와 인과성과 유추법이란 규칙 덕분에 발자크가 카오스를 우주로 변형시키는 "거대한 미봉책의 술책"을 발견한다. 이와 같은 해석은 인과성의 결핍 너머에 위치하는 우리를 발자크의 텍스트와 좀더 근접시킨다. 완벽에 이르고자 하는 이 욕망이 야기하는 부조화와 불균일의 음모 속에서 뤼시앵 달랑바흐는 그와 같은 징조를 정확히 간파한다.

부조화와 불균일이 이미 그 계획을 위협하고 있는데, 이처럼 강력한 뼈대를 세우는 것이 이해가 되는가? 구체성을 저버리는 메타언어적 설명으로 기술되는 사물들의 이중성, 상징으로 기능되기에 부적합함, 숨기려는 것을 드러내 버리는 너무 많은 사건들, 우연의 힘이나 조각들의 접착, 특수성을 일반성으로 치부해 버리거나 감성

을 이성에 용해시켜 버리는 과도한 추론, 충만이 공백을 은폐하는
암시적 의미가 너무 많음 등 근본적인 결함이 있을 뿐 아니라, 작품
은 계속해서 삼켜 버릴 듯한 위협을 하는 심연 바로 위에 세워진다.
구조는 생각보다 더 허술하고, 하나의 구조라기보다는 거대한 미봉
책의 술책에 지나지 않는 징조들이 너무 많이 보인다.

뤼시앵 달랑바흐, 〈조각들로 만들어진 전체〉, 《시학》,
제42호(p.164-165)

사회비평적 해석 혹은 사회시학적 해석들은 문학 텍스트의 상
대적 자율성과 그 문학 텍스트를 지배하는 규칙들의 특수성이 우
선은 전제가 되어야 하고, 또한 역사적 맥락, 더 정확하게는 사회
적 담화들에 대한 상대적 의존도가 전제되어야 한다. 이렇게 사실
주의 소설은 역사적으로 자리잡은 담화나 현실의 재현이 아니라,
특수한 미학의 생성과의 관련하에 이 현실의 요소들 혹은 담화들
을 활성화시키는 세심한 수정 작업이다.

클로드 뒤셰는 《발자크와 신비로운 도톨가죽》(C. 뒤셰 출판사,
1979)에서 허구, 화자의 권한, 총칭적인 선택 등의 특수한 지위와
세계와의 관계를 협의하는 전략적 장소로 고려되는 소설의 초반부
에서 '사회를 텍스트화'하는 절차들을 분석한다. 텍스트가 세상을
향해 열리는 소설의 결말 부분 역시 클로드 뒤셰에 의해 유사한 방
법으로 연구되었고, 이자벨 투르니에도 박사학위 논문(《발자크, 우
연, 소설》, 릴대학출판부, 1993)에서 그것을 다룬다. 우연의 개념과
발자크 소설에서 그 우연이 적용된 것에 관한 연구는, 그 시대의
다른 담화가 사용하던 방식을 대신해 발자크가 사용하는 방식을
다룬다는 점에서 역시 사회 시학적 비평에 속한다. 한 단어에 관한

연구에서 시작된 고찰은 발자크와 소설, 발자크와 허구의 특수한 관계로 확장된다. 허구는 발자크가 "세상에서 가장 위대한 소설가"라 이야기한 바 있는 이 우연과 떨어질 수 없다. 이자벨 투르니에는 이 우연을 다음과 같이 해석한다. 우연은 "세상이 소설 속으로 들어가게 하는 출입문의 역할을 한다." 또한 우연은 "세상을 해독할 줄 안다." 왜냐하면 "사회는 우연에 지나지 않으며, '사회적 우연'이란 이름하에 발자크 소설들이 속속들이 밝힌 것은 바로 그것이기 때문이다."(p.405) 따라서 소설가는 우연과 동일시되어야 한다.

사회적 담화가 소설에 기재되는 방식에 관한 연구는 상투적 문구의 분석과 일맥상통한다. 루트 아모시와 엘리슈바 로젠은 《외제니 그랑데》를 통해 상투적 문구가 진실임직함을 소설에 적용하기 위한 것이기도 하지만, 그뿐만 아니라 공인된 사고들을 비판하는 성격도 띠고 있음을 보여준다.(《상투적 문구에 대한 담론》, 1982, p.65) 한편 앙리 미테랑은 《소설의 담화》(PUF, 1980)의 두 장(章)을 사회적 공간(《황금빛 눈의 소녀》에서 그것이 계층화되고, 《페라구스》에서는 행동하는 등장 인물로 변모하는)의 묘사에 할애한다. 이러한 분석들은 한꺼번에 소설이 그것들을 둘러싸는 담화들이나 그 사회적 담화들을 구성하는 지식과 묘사의 영향을 쉽게 받는다는 것을 전제로 하고 있으며, 또한 그 담화들이 의미의 효과들이나 특수한 지식들을 창출하는 능력이 있음을 전제로 한 것이다. 구조학적 비평 혹은 기호학적 비평과 마찬가지로 사회의 담화에 관한 연구는 너무나 유명한 발자크의 '사실주의' 내지는 현실의 묘사에 관해 우리가 가질 수 있었던 너무 단순화된 개념을 변화시키는 데 기여한다.

IV

비평적 질문들

1. 과거의 질문들

윤리성에 관한 질문

발자크의 소설로 인해 제기된 첫번째 논쟁은 우리에게 아주 진부한 것으로 보인다. 그러나 그의 소설들이 당시의 독자들에게 던진 충격을 헤아려 보고, 또한 교과서적의 평가로 인해 많이 누그러졌던 폭력성을 그 소설들에게 되돌려 주기 위해 그 논쟁을 다시 상기시켜 보는 것이 유용하다. 그것은 분명 당시 비평이 발자크에게 가할 수 있는 사소한 논쟁에 지나지 않는다. 그 시절 비평을 보면 모든 소설이 비윤리적이었으니까 말이다. 《결혼의 생리학》이 나온 이후 일찌감치 쏟아진 비난은 끝까지 그를 따라다녔고, 그로 인해 발자크는 서문들을 통해 스스로를 변호하여야만 했다. 그가 《고리오 영감》에 쓴 두번째 서문은 사실 "신성한 건지 고약한 건지 모를 저널리즘의 엄한 재판이 비윤리성이란 단어를 머리 위로 던지면서(그는 이것을 '이상하고 부당한' 비난이라고 여긴다) 그에게 뒤집어씌운 **산 베니토**[화형에 처해지는 이단자가 입는 옷]를 벗어던지기" 위한 것이다.(1985년 5월 1일, 《인간 희극》, 제3권. p.46)

펠릭스 다뱅, 《19세기 풍속 연구》의 '서문'

"사실 발자크의 초기 작품들을 두루 살펴보면, 어떻게 해서 발자크를 부도덕하다고 비난할 수 있는지 궁금해진다. 악습에 젖어 있는 인물들이 그의 화필 아래서 서로 만나게 되는 것은 사실이다. 하지만 사악함이 19세기는 존재하지 않는다고 말할 수는 없지 않은가? 비평은 어리석음을 자초하면서 문학의 첫번째 규칙을 잊고 대조의 필요성을 무시해도 되는가? (…) 분명 작가가 그의 시대 전체를 그리고자 할 때, 또한 자신을 19세기 풍속사가라 자청할 때, 그래서 대중이 그가 붙인 그 칭호를 인정해 줄 때, 근엄한 척하는 사람들이 뭐라고 하건 그 작가는 아름다움과 추함, 윤리와 타락을 선택할 수 없으며, 좋은 씨앗에서 나쁜 것만 골라내듯이 정숙하고 엄격한 여자들에게서 사랑에 쉽게 빠지는 다정한 여자들만 골라낼 수 없다. 부정확하다는 평가와 거짓말쟁이란 비난을 받는 것을 감수하면서 존재하는 모든 것을 말하고, 보이는 모든 것을 보여주어야 한다. 균형을 이루기 위해서 책이 완성되는 것을 기다려야 한다. 그래서 무슨 일이 일어나더라도 오늘날까지 그 누구도 발견하지 못했던 그 모델들에게 많든 적든 영예를 부여하라. 그 초상화들이 서로 전혀 닮지 않은 한 말이다. 이 모든 것이 사실이라면 부도덕하다고 할 수 있는 것은 그 책이 아니다."(제1권, p.1162)

되풀이되는 비난에 대한 발자크의 응수를 보면 내세운 논거는 항상 같으나, 그 어조는 짐짓 변한다. 1835년 3월 《고리오 영감》의 초판 서문에서 그는 동시대인들의 갑작스런 미덕을 빈정거리고, 그의 저서 속 정숙한 여자들과 죄를 범한 여자들의 일람표를 세우는데, 이 일람표를 보면 "60명 중 38명의 비율로 미덕에 우위를 둠으로써 사회의 비위를 맞추는 결과"를 만들어 낸다.(p.45) 《19세기 풍속 연구》의 서문에서 펠릭스 다뱅을 통한 논증은 사뭇 진지하다. 5년 후에 《탁월한 여자》(사무원들)의 서문에서는 신문 소설의 출간으로 배가된 공격들로 인해 어조는 더욱 지쳐 있다. 발자크가 《프레스》지에 《노처녀》를 신문 소설로 연재한 것은 사실 신문 특유의 압박으로 비윤리성에 대한 비난을 더욱 악화시켰다. 신문 구독자들을 놀라게 해서는 안 된다. 에밀 드 지라르댕(《프레스》지의 창간자)은 독자들의 항의 편지들(《서한문》, 제3권, p.192)을 보여주며 1936년 11월 예정되었던 바람기 있는 젊은 여공의 이야기인 《어뢰(魚雷)》와는 다른 주제를 고를 것을 발자크에게 요구한다. 게다가 《노처녀》는 불안한 경쟁지들이 《프레스》지에 가한 공격에도 시달려야 했다. 따라서 비윤리적이라는 비난은 《샤리바리》지와 같은 다른 신문들이 위협적이라고 생각되는 계획을 파괴시키기 위한 수단이자 변명에 지나지 않았던 것이다. 따라서 1838년에는 어조가 확실히 변한 것이 이해가 간다. 그러나 "사회를 있는 그대로 총체적으로"(《탁월한 여자》의 서문, 제7권, p.894) 묘사할 뿐이라는 그의 항변은 《고리오 영감》의 서문들에서와 여전히 변함이 없다. 이것은 1835년에 분리되어 있던 두 개의 논거, 즉 비윤리적인 것은 바로 사회이다라는 것과 그에게는 "인간의 감정들, 사회적 위기들, 선과 악, 문명의 모든 세세한 부분들을 그릴"(《고리오 영감》 재판 서문, p.47) 의무가 있다라는 것을 합친 표현이다. 그 첫번째 논거는 이미 스탕달이 언급한 적이 있는 것이며, 두번째 논거가 총체성이란 목표를 가진 발자크에게 특히 해당되는 것이다. 1839년 쥘 자냉은 이 말에 속지 않고 《파리에 온 시골의 위인》에서 그려진 신문에 대한 묘사의 반발로 모든 것을 그리려는 그 야심을 비난한다.

　　사물이 존재하기 때문에라는 말은 소설과 연극이 쓰레기더미 위에 우글거리는 이 온갖 악덕들로 가득 채워져도 된다는 뜻인가? 아니다. 그렇지 않다. 철학자나 모럴리스트 그리고 기독교도에게나 가까스로 허가될 뿐 우리가 봐서는 안 되는 것들이 많이 있다. 작가는 넝마주이가 아니며, 책은 넝마를 주워담는 자루처럼 채워지는 것이 아니다.

쥘 자냉, 르뷔 드 파리, 1989년 7월, 〈쥘 자냉과 발자크〉
〈비평론〉에서 졸라가 인용함, 《실험 소설》에 수록, p.318

　　발자크 사후, 어느 정도 긍정적인 평가를 얻게 되자 비윤리성에 대한 비난은 《보바리 부인》과 같은 또 다른 소설에게로 재빨리 방향을 선회한다.

문체에 관한 질문

　　윤리성에 관한 터무니없고 악의에 찬 문제 제기 옆에서, 문체에 관한 질문은 보다 빈번하고 지속적으로 제기된다. 고티에는 발자크의 문체를 평가할 때 "그의 사상을 나타내는 데 있어 체계적이고 필연적이며 꼭 알맞은 문체"라며 유달리 칭찬을 늘어놓았다. 반면 생트 뵈브는 '삶의 감정'이라 인정하면서도 그의 문체가 너무 타락한 것이라 평가했다. 사실 브륀티에르나 랑송, 그리고 프루스트에게 있어 발자크의 문체는 전혀 논쟁거리조차 되지 못한다. 프루스트는 발자크의 문체를 너무 설명이 많고 교훈적이라 이야기한다.

　　그럼에도 불구하고 몇몇 비평가들은 발자크의 문체에 관한 고티에의 분석들을 다시 살펴보면서 그 이론을 더욱 심화시켰다. 1858년 이폴리트 텐은 발자크의 문체에 대한 비평계의 평가가 시대착오적이며, 이는 "17세기의 정신과 삶의 관습에서 유래한"(《발자크》, 《주르날 데 데바》, 1858, 2-3월; 《비평과 역사의 새로운 시도》에 재수록, 아셰트, 1865, p.36) 결과라고 설명한다. 발자크의 문체가 지닌 아름다움과 위대함, 풍부함, 새로움에 찬사를 보내는 것은, 그의 글쓰기가 세상의 다양성을 말하고자 하는 발자크의 야심에 합당하다는 생각에서 비롯된 것이다. 그리고 생트 뵈브가 '잡동사니'라고 부정적으로 규정했던 것에 대해서도 텐은 오히려 그의 작품들로 문학 전체를 대변하기 위해서 다양한 특수한 용어들을 사용하여야 했던 발자크 문체의 독창성을 발견한다. 그의 글쓰기는 그 소재의 카오스적인 다양성과의 고군분투를 증명하는 것이다.

이 문체는 거대한 카오스이다. 예술 · 과학 · 직업 · 역사 · 철학 · 종교 등 모든 것이 그 속에 있다. 그 속에서 단어들로 충족시킬 수 없는 건 아무것도 없다. 우리는 단 10행 속에서 세상과 생각의 구석구석을 두루 살펴볼 수 있다. (…) 처음에 당신은 충격을 받을지라도 곧 그것에 익숙해지게 되고, 공감하게 되며, 즐거움을 얻게 된다. (…) 이제 이 기묘함들이 당신의 주의를 끈다. 당신은 예기치 못한 은유를 즐기게 된다. 당신은 무한정 떨어져 있는 사물들 사이에 놓인 어떤 낯선 관계를 알아차리게 된다. 세상의 한쪽 끝에서 다른 한쪽 끝까지 모든 것이 걸려드는 수천 개의 그물이, 빠져나올 수 없는 그 그물망을 당신의 눈앞에서 더욱 조인다. 화학이 사랑을 설명한다. 주방이 정치를 건드린다. 음악 혹은 음식은 철학의 친척이다. 당신은 여러 가지 상황들 사이에서 많은 사건들과 많은 관계들을 발견한다. 그것은 나무들이 잘 심겨진 쾌적한 정원이 아니라, 나무들이 뒤죽박죽 자라난 어두침침하고 광활한 숲이다.

H. 텐, 《발자크》(op. cit., p.43-44)

고티에처럼 텐도 문체의 수사학적이고 규범적인 개념은 거부한다. 그는 플로베르가 작품의 '무의식적 시학'이라 명명하는 것을 분석하고, 그 속에서 세상을 개념화하는 데 필요한 보완과 동시에 독자에게 발생하는 인식 효과의 조건을 발견한다.

최근에 와서 그 소설의 형태에 대한 특수성을 더욱 자각하게 되자, 발자크의 문체를 변호하는 목소리는 문제의 핵심을 바꾸어 '구성'의 개념으로 문체를 재정의한다. 그리하여 발자크의 열렬한 찬양자인 알랭은 문체적 차원 이상의 서술적이고 진술적인 방식으로 그 문체를 설명한다. 즉 그는 발자크의 문체를 "얘기하지 않고 얘기하는" 방식, "기다림 뒤에 더 놀라게 되는" 방식이라 보고, 또한 "등장 인물 자리에 대신 앉는 태도" "전체보다는 세부 사항들에 의존하는 것"이라 평가하면서 이를 '간접적 문체'라고 명명한다.(《발자크와 함께》; 〈발자크의 문체〉에 다시 씌어짐 《발자크 총서》에 수록, 제2권) 이렇게 분석은 이제 더 큰 서술 단위에서 이루어지고, 한 소설이나 여러 소설들을 그들의 총체성 안에서 파악하는 것으로 한 차원 올라간다. 발자크의 문체가 때때로 불완전함을 드러낸다고 시인하는 쥘리앵 그라크는 "문체론적 자료들의 경우 어떤 소설이 나오게 되면 그 영향력이 변하게 되고" 또한 《인간 희극》에 고유한 "일반화된 소설의 상호 연결"이 "활기를 잃거나 약해져 하나의 이야기로 사용할 수 없게 된 어떤 소설적 영역의 잠재력"을 불러일으키게 하는 문체적 효과를 가져온다고 정확하게 지적한다.

(《읽고 쓰면서》, 조제 코티, 1981, p.41) 이것은 한 문장의 문체에서 발자크가 우리를 초대하는 한 소설의 시학으로 넘어가는 것이다.

발자크, 관찰자인가 몽상가인가?

발자크적 '사실주의' 란 문제는 사실주의의 개념이 문학적 메타 언어 속에, 소설 문학의 창작이란 단순한 개념의 틀 속에 나타나기 이전에 동시대인들에 의해 이미 제기되었다. 이와 관련해 발자크는 관찰된 사실들이나 상상된 사실들로부터 이야기할 것이다. 그를 굳이 비난할 의도가 없다면, 예를 들어 생트 뵈브가 한 것처럼 발자크를 '몽상가' 로 다루면서 현실을 왜곡한다고 비난하려고 하지 않는다면, 이 두 개념들은 서로 보완되는 것으로 생각할 수 있다. 이와 같은 생각은 위고의 1850년 8월 21일의 조사(弔詞)에서도 볼 수 있으며, 1859년 테오필 고티에의 발자크에 관한 방대한 연구에서도 볼 수 있다. 특히 1858년에 이폴리트 텐은 관찰과 상상력 사이의 상보성을 강조하면서 발자크의 창작력에 대한 구성 요소들을 학자처럼 행동하는 관찰자적 면모, 배열하고 체계화시키는 철학자적 면모, 전체 속에 생명을 불어넣는 예술가적 면모로서 분석한다.

그러나 비평적 담론은 각각의 차원에 대해 상대적인 중요성을 매기면서 더 깊이 파고들어간다. 보들레르는 관찰자보다는 '정열적인 몽상가' 로서의 발자크의 모습을 강조한다. 하지만 남은 반세기를 지배하며 그 아버지를 찾고 있던 사실주의 미학은 관찰자 발자크의 모습에 더욱 초점을 맞춘다. 1880년에 졸라는 발자크를 "자신이 살던 시대를 과학적으로 조사하고 탐구하는 분석가" 로 규

> - 빅토르 위고: "(…) 관찰과 상상력으로 이루어진 책(…)."
> - 테오필 고티에: "19세기 한가운데에서 이런 말을 하는 것이 다소 생소하게 들릴지라도 어쨌든 발자크는 몽상가였다. 관찰자로서의 그의 재능, 생리학자로서의 그의 통찰력, 작가로서의 그의 재능만으로는 《인간 희극》에서 크든 작든 중요한 역할을 하는 수천 명의 인물들의 무한한 다양성을 설명하기에 충분치가 않다."
> - 이폴리트 텐: "관찰자와 철학자가 많은 생각들과 사실들을 축적해 놓았을 때 예술가가 도착하고 있었다. 그러자 그것은 조금씩 조금씩 활기를 띠기 시작했다."
>
> V. 위고의 《전집》, J. 마생의 연대기판, 제7권, p.317. 앞에서 인용되었음; 《발자크 총서》, 제5권. p.11; 《비평과 역사의 새로운 시도》, p.25.

정했으나, 다른 한편으로는 "아무런 규칙도 없는 발자크의 상상력은 온갖 과장을 일삼으면서 터무니없는 계획으로 세상을 새로 창조하려고 한다. 이런 상상력은 나를 매혹시키기보다는 오히려 나를 화나게 한다"고 고백한다.(《실험소설론》에 수록된 〈문학 속의 돈〉, 〈소설론〉, 가르니에-플라마리옹, 1971, p.204, 217) 세기말에 이르러 페르디낭 브륀티에르의 대학 비평과 피에르 라루스의 백과사전에 실린 글에서 첫번째 자리를 차지하는 것은 '사실주의자' 발자크이다.

이미 존재하는 현실을 묘사하고 재현하는 소설가 발자크에 대한 비평들, 수많은 오해를 야기시키는 이 비평들 한켠에서 작가 헨리 제임스의 독창성이 돋보이는 비평을 하나 인용하고자 한다. 그는 우선 관찰력과 상상력에 대한 논쟁에 있어서는 상상력에 우위를

- 피에르 라루스: "발자크는 무엇보다 풍습을 그리는 화가였다. 그는 사생활과 부르주아의 풍속들, 생존을 위한 저속한 현실들, 내밀한 정경들, 비참한 생활상, 온갖 비속함들을 아주 명석하게 꿰뚫고 있었다. 뿐만 아니라 방대한 기억력에 따른 그의 관찰력은 마치 손에 잡힐 듯 생생한 현실의 모습들을 포착해 낸다. 그가 한 초상화를 그릴 때면 마치 그 모델이 바로 앞에서 포즈를 취하고 있는 것 같다."(피에르 라루스, 《19세기 대사전》 제2권, p.317)
- 페르디낭 브륀티에르: "그가 그리는 장면들에 등장하는 인물들이나 그 주제를 대하는 발자크의 태도는 자연주의자가 자신이 연구하는 동물이나 식물을 대하는 태도와 흡사하다. 인내심 있고, 주의력 깊게 '대상에 복종하며' 개인적 선입관을 배제하는 태도 말이다. 그가 우리에게 제시하는 것은 전혀 그의 인상이 아니다. 그것은 그가 다시 포착하려고 애쓰는 현실, 총체적 현실이다."(페르디낭 브륀티에르, 《프랑스 문학사 개론》, 파리, C. 들라그라브, 1898, p.416)

두는 것 같다. 하지만 곧 창조자의 능력이 아니라 창조된 결과물에 관해 질문함으로써 그 문제의 방향을 돌린다.

그의 모든 경험은 요컨대 그의 상상력에서 비롯된 것이다. 아마도 그는 실제 세상에 헌신할 시간이 없었나 보다. 멋지고도 단순한 한 가지 진실은 바로 이것이다. 그는 상상력만으로 작업을 완성하려 했다. 그 상상력으로 구상하고 실행에 옮겼으며, 무한한 노력을 기울여 어느 정도 성공을 거두었다.

뤼시앵 드 뤼방프레와 함께 파리에 도착한 바르주통 부인이 그 행색이 데스파르 부인을 불쾌하게 만들었다는 이유로 그를 '팽개쳐

버리는' 《환멸》의 모든 에피소드는 비극적이되 훌륭한 참고 자료일
수도 있고, 혹은 근거 없이 조각조각 쌓아올린 공상일 수도 있다. 정
말로 놀라운 것은 그것이 실제로 어떠했는지 우리가 밝혀낼 수 없다
는 것이다. 우리는 그 소설을 읽어 내려가면서 그것을 밝혀내는 게
불가능하다는 것을 깨닫게 된다. 다른 그 어떤 작가도 그 점에 있어
우리에게 그처럼 유별난 포기를 강요하지 않는다. 우리는 어쩔 수
없이 그 화제로 되돌아올 수밖에 없다. 우리는 여기서 벗어날 수 없
다. 우리에게 남은 유일한 가능성은 진실이 존재하게 할 수밖에 없
고, 그 속에서 허구가 진실과 동등하다면 우리가 그 차이점을 찾는
것을 포기할 수밖에 없음을 인정하는 것이다. 발자크는 그 차이를
없애는 비밀을 소유한 유일한 소설가이다. 그는 사실들에 다시 온기
를 주어 생명을 불어넣는다. 내가 이제 막 인용한 에피소드도 완벽
한 조화가 실현된 만큼의 확신을 가진다.

<blockquote>
H. 제임스, 〈오노레 드 발자크〉, 《예술로 간주된 소설론》에 수록.
샹탈 드 비아시 프랑스역.
크리스티앙 부르구아 출판사, 1987, p.110, 118–119
</blockquote>

진실과 허구를 구별하려는 노력을 그만두라는 제임스의 말은,
곧 씌어진 진실의 효과만을 고려해야 한다고 분명하게 단정짓는
것이다.

그러나 이렇게 문제를 다른 식으로 제기하는 방식은 여전히 낯설
고, 발자크를 자연주의 소설가로 변신시킬 때 가장 예상되는 반응
은, 일단은 그것을 반대하고 그 반대를 조직화시키기 위해 보들레
르가 처음 말한 '몽상가'란 말을 발자크의 소설을 읽는 원리로 삼
는 것이다. 이것은 바로 휴고 폰 호프만슈탈의 경우이다. 그는 발

자크의 세계를 "존재한 적 없던 진실로 가득 찬 듯한" "각양각색의 완벽한 몽환적 환영"으로 묘사하거나, 혹은 마치 "초자연적인 요인에 의해 초래된 듯 보다 강렬해진 현실의 그림"으로 묘사한다. (《《인간 희극》의 세계》, 《발자크 총서》에 수록, 제7권, p.VIII, III) 보들레르처럼 그도 한 표면에만 사실주의적 면모를 부여하려고 한다. 그러나 발자크 작품이 미치는 영향력을 측정하기 위해서는 그것을 뛰어넘어야 한다. "이 허울뿐인 물질주의자는 정열적인 몽상가이자 황홀경에 빠진" 인물이다. "아주 구체적으로 그려진 이 모든 등장 인물들은 어떤 막연한 힘만으로 덧없이 사라지는 구현체들에 지나지 않는다."(p.XVI)

1946년 알베르 베갱은 《몽상가 발자크》(스키라, 1946)에서 논쟁적인 방식으로 이와 같은 해석을 다시 시작하며, 사실주의와 자연주의의 옹호자들로부터 발자크를 떼어 놓으려 한다. 발자크적 세계는 어떤 내밀한 경험의 투영이자 구현으로 묘사되며, 그 내밀한 경험은 어떤 절대에의 경험과 연관되어 있다. 왜냐하면 발자크가 창조한 세계는 실제 세계에서 몇몇 요소들을 빌려오긴 하지만, 개인적 신화의 법칙들에 따라 그 요소들을 재조직하기 때문이다. 이때 신화란 '내밀한 삶의 상징적인 표현'으로 해석되기보다는 지상의 운명이 초자연적 경계선과 대면하는 것으로 해석되어야 한다. 왜냐하면 인물이 초자연적 힘들에 마치 노출되어 있는 것처럼 보이기 때문이다.(《읽고 또 읽는 발자크》, 쇠이유, 1965, p.201) 철학연구와 환상 소설에 특권을 부여하고, 사실적인 소설들 너머 더 직접적으로 읽을거리를 제공하는 신화들이 나타나게 하면서 알베르베갱은 발자크에 대한 신화적이고 유심론적인 비평을 계속한다. 그는 《발자크 총서》의 몇몇 서문들과 연구서에서 더 많은 주장을 편다(제16권; 《읽고 또 읽는 발자크》 속에 《몽상가 발자크》와 함께 다시 실림). 《발자크 총서》에서는 자신이 발간한 《인간 희극》 판본을 위해 선택한 연대기적 순서 때문에 생긴 비평의 결과에 관해 자문하면서, 이 순서가 '사실주의자' 발자크의 반세기를 얘기하려는 야심에 순응하는 것인 동시에 제일 처음 나오는 것이 《루이 랑베르》인 만큼 몽상가 발자크의 신화에 순응하는 것이라고 결론짓는다.

"발자크 소설의 시간 속으로 들어가기 전에 독자는 무엇이 성배(聖杯)의 긴 탐구 대상이 될 것인지에 대한 정보를 미리 얻는다. 바로 생명 에너지의 소모, 생각과 자연 사이의 투쟁, 하나를 물질화하고 다른 하나를 정신화하는 가능성들에 관해 복잡하게 얽힌 의문이다. (⋯) 《인간 희극》은 또한 초인간적인 비극이며, 그것의 결말은 죽음은 아니지만 가장 강렬한 야심들을 꺾게 만드는 노쇠함이자 프로메테우스적 거대한 욕망을 용해시키는 절망이다."

A. 베갱, 《발자크 총서》에 수록, p. VIII-IX

절대를 추구하는 발자크의 초상, 하지만 그것은 역사적으로 닻을 내리지는 못한다.

발자크, 보수주의자인가 혁명가인가?

"이 거대하고 기묘한 작품의 작가는 자기도 모르는 사이에 그가 바라든 바라지 않든, 그가 동의하든 그렇지 않든 가장 혁신적 작가가 된다. 발자크는 목표를 향해 곧장 전진한다. 그는 사회를 샅샅이 포착한다. 한쪽에서는 환상을, 다른 한쪽에서는 희망을, 여기에서는 비명을, 저기에서는 가면을, 그는 모든 것에서 무엇인가를 끄집어 낸다.”(V. 위고, p.317) 위고가 그의 동시대 작가에게 바친 이 유명한 조사(弔辭) 속에서 우리는 오랫동안 발자크 비평에 자료를 제공하게 될 논쟁의 초기 실마리들을 다시 한번 발견할 수 있다. 보들레르는 1864년의 논평에서 그 논쟁을 언급하며 이를 비웃는다. “어떤 터무니없는 비평이 왕권과 교권의 인간인 왕정주의자 발자크를 전복과 파괴의 인간으로 왜곡시키려 했다.”(보들레르, 《전집》, 〈플레야드〉판, p.797) 이번에는 바르베 도르빌리가 제기한 특수한 경우를 환기시켜 보자. 그는 발자크를 일관된 왕정주의자이자 기독교 사상가로 만들고, 이 원리들이 그의 위대함의 원천이라고 본다. 하지만 1850년대에 이런 입장을 취한 인물은 그가 유일하다. 우파 사상가들조차 발자크를 위험한 인물이라 생각하므로 발자크가 두 정치적 진영으로부터 제 권리를 찾기 위해서는 모라(1868-1952: 프랑스의 정치이론가)와 함께 세기말까지 기다려야 한다.

발자크에 대한 ‘진보주의적’ 초기 해석들은 발자크를 변형시키지는 않지만 작품을 독립적인 것으로 보고, 작가가 ‘서문’에서 밝힌 이데올로기적·정치적 의도에서 분리시켜 소설을 해석하려고 애쓴다. 이미 언급한 바 있는 마르크스와 엥겔스가 택한 비평은 소설에서 특수한 의도를 추측하는데, 이것은 발자크의 의도에 ‘반하는’ 것이었다. 모든 마르크스식 비평은 이미 살펴보았듯이 소설을 ‘혁명적’으로 해석하는 관점을 취한다. 반동적인 것이 되고자 했던 소설 《농부들》의 비평에서 보듯이, 명시된 의도와는 반대로 나아가려는 의지에서 이 점은 더욱 분명해진다.

피에르 바르베리의 저서들과 함께 살펴보게 될 비평 방식의 변화를 얘기할 때 이 분석들을 다시 검토할 것이다. 사실주의적 소설들만 이러한 관점으로 해석되는 것이 아니라 철학적 연구서들과 환상 소설들도 역시 이 관점으로 해석된다. 그리하여 배갱이 얘기하는 '몽상가'의 면이 발자크에게서 사라지고, '비평적 사실주의자'의 면모가 발자크에게 덧씌워지게 된다. 덧붙여 재해석의 대상이 되는 것은 인간 발자크의 이데올로기적 선택들이다. 사실 피에르 바르베리가 보기에 왕정주의를 옹호하는 것은 역사적으로 결정된 선택인 것 같다. 즉 그것은 1830년대 사회에 반대하기 위해 가능한 유일한 선택이었던 것이다.

> "좌파의 관점을 갖지 않고, 중용을 거부하는 발자크는 우선 돈과 이해 관계에 의한 사회 집단의 분열과 자유주의 무정부 상태를 청산시키고 강한 세력들을 통합하고 발전시키기 위해서는 근대적 · 기능적 · 조직적이고 통합적인 왕정주의를 통해서만 그 해결책이 있다고 생각한다."
>
> P. 바르베리, 《발자크, 사실주의 신화》(p.89)

이는 더 이상 작가의 의도에 반해서 작품을 읽는 것이 아니라 관습에 반해서 작가의 이데올로기적 · 정치적 선택을 해석하는 것이며, 또한 발자크의 왕정주의를 앙시앵 레짐[25]에 대한 향수로 보지 않고 '진보적' 선택으로 해석하는 것이다. 즉 더 이상 발자크 대 발자크의 구도가 아니라 총체적인 발자크 대 그 속에 담긴 발자크의 어떤 한 면에 대한 구도인 것이다.

---

25) 왕정주의에로의 전향에 대한 또 다른 해석은, 그 속에서 예술의 귀족으로 예속을 요구하는 강탈당한 예술가의 항변을 보는 것이다: R. 숄레, *op.cit.*

2. 동시대의 작업장

발자크 대 발자크?

발자크를 발자크 자신에게 대립시키는 것은 발자크 비평의 전통에 속한다. 그것은 요컨대 작가의 의도와 생각을 작품의 의미에 대립시키는 것이었다. 이 정치적·이데올로기적 논쟁에서 하나의 의미 단위를 제시하는 것은 '비평적 사실주의자' 발자크, '1820년에서 1850년까지의 총체적인 발자크'를 읽히기 위한 것일 뿐 아니라 《철학적 연구》가 그 시대 삶을 설명하는 데 그 밑거름으로 사용하는 철학자이자 생리학자 발자크에게 우선권을 제공하기 위해서이기도 하다. 1964년 《발자크 비평》에서 모리스 바르데슈는 쿠르티우스의 비평들을 다시 인용하고 연장시키면서, 논쟁적인 관점을 취한다. '풍속 연구'부터 발자크의 에너지 넘치는 철학적 사고와 정열에 관한 그의 이론을 추론해 내어 《인간 희극》의 심도 높은 '통일성'을 증명하기 위해서이다.(《발자크 비평》, 세트 쿨레르 출판사, 1964, p.390)

좀더 최근에는 문제 제기가 정치적 영역을 벗어나 미학적 차원으로 옮아갔다. 총체성과 통일성이라는 목표를 염두에 두고 발자크를 읽어야 하는가, 아니면 그 계획의 실패를 보여주어야 하는가? 앙드레 알망의 발자크적 '체계'를 기술하는 계획을 잇는 막스 앙드레올리의 비교적 최신 논문은 그 체계의 추세들을 기술하는 것이 목표라고 밝힌다. 이 체계의 '공시적 묘사의 시도'에서 그는 발자크 세계의 '충만함'을 강조한다. 그가 보기에 발자크 체계의 특징적인 기본적 구조는 삼원적 구조이다. 즉 "여러 가지 모순되는 것들이 통일성 속에 용해되거나 융합되는" 구조이다.(《발자크의 체계. 공시적 묘사의 시도》, 릴Ⅲ대학, 박사논문 편찬실, 1984, 제2권, p. 123) 이와 같이 발자크를 읽는 것, 그것이 그가 서문에서 밝힌 방향대로 나아가는 것이며, 작가의 의도와 그의 작품을 통일시키는 것이다. 이는 완벽을 추구하는 그의 목표가 성공했음을, 또한 그 체계를 완전히 통제하고 있음을 전제로 하는 것이다. 그러나 발자크에 관한 '현대의' 비평들은 그 체계의 완성도에 관해 하나하나 다시 검토하는 경향이 있다. 발자크의 텍스트가 갖고 있는 이중의 담화를 기술하기 위해 피에르 마슈레가 제시했던 '부조화'의 개념은 발자크 작품의 구조나 체계의 결함을 얘기하는 데 다시 사용된다. 가장 불안정해 보이고 가장 인위적인 것으로 보이는 것이 바로 《인간희극》이란 건축물의 체계이다. 그럼에도 발자크 계획의 통일성을 지지하는 알베르 베갱은 그 체계를 보완적 해결책이라 간주한다.

발자크의 재능은 자신이 만들어 낸 건축적 체계에 의해 침범당했다. 그 체계는 이 증식하는 삶을 고정할 틀을 제공하기에 적합하지 않았던 것이다. 장면들(파리 생활 장면들, 지방 생활 장면들, 군대 생활 장면들 등)로 분류된 엄격한 범주들은 매우 절망적인 해결책으로, 그 체계는 통제될 수 없는 작품의 선천적 무질서를 보완할 필요성에 의해서 만들어진 것이라고밖에 설명할 길이 없다.

A. 베갱, 〈읽고 또 읽는 발자크〉, 《발자크 총서》에 수록,
제16권, p.Ⅴ

기복이 심한 이 건축물의 생성 과정에 대한 묘사는, 스테판 바

숑의 《오노레 드 발자크의 작업과 나날들》에서 나타난 대로 불안
한 무질서에 대해 일시적이나마 질서를 획득한 순서를 그대로 따
른다. 이 생성 과정에 대한 묘사를 보면 그 체계를 바로잡기 위해
노력하지만, 그 불안정함이 여전히 가시지 않음을 엿볼 수 있다.
이러한 사실은 《인간 희극》의 계획뿐만 아니라 완벽을 추구하려는
그의 목표까지도 뒤흔든다. '1845년 카탈로그'(그 중 52개의 소설
은 미완성으로 남아 있다)에서 보다시피 그 계획의 미완성과 발자
크가 수정한 퓌른 교정판이 나올 때까지 몇몇 소설의 분류상의 불
안정함은 이 경직되고 결정적인 틀로 인해 우연의 산물을 낳는 데
기여한다. 그런데 만약 발자크가 위고만큼 오래 살았다면 어떻게
되었을까? 완전히 인쇄가 끝난 것도 초안으로 고려하고, 자신의
《총서》도 교정해야 할 원고처럼 취급하는 발자크의 고유한 글쓰기
습관들은 이 기념비의 미완성을 더욱 두드러지게 하며, 자의적으
로 굳어진 어떤 움직임을 만든다.

그에게 역동성을 회복시켜 주는 것은 바로 비평 작업이다. 뤼시
앵 달랑바흐의 분석에 대해서는 앞서 언급한 적이 있다. 그는 완
벽을 추구하려는 발자크의 강박관념 속에서 오히려 그 경지에 도
달하지 못하리란 불가능의 징조를 본다. 비슷한 관점으로 씌어진
프랑크 슈레베겐의 책 《발자크 대 발자크, 독자의 지도》(《비평의
현존》 시리즈, 파리-토론토, 1990)는, 독자를 안내하기 위해 동분
서주하는 발자크의 근심 속에서 뜻대로 다룰 수 없는 귀찮은 독자
에 대한 두려움의 증상을 발견한다. 발자크는 소설 속에 이 다루기
힘든 독자를 직접 끼워넣음으로써 그 두려움을 쫓아 버리려 한다.
예를 들면 《알베르 사바뤼스》에서 부도덕한데다 사실 방해만 되는
인물이지만, 발자크로 짐작되는 작가의 소설을 제대로 읽을 줄 아

는 독자인 로잘리라는 등장 인물이 반대의 해석을 하는 장면을 삽입한다. 그의 명백한 의도에 반해서 발자크의 소설을 읽는 것, 또한 다루기 어려운 독자를 스스로 보여주는 것, 이것은 오늘날 그의 문학적 가치를 깎아내리는 것이 아니라, 오히려 현대 독자들로 하여금 그 책을 읽게 만드는 작용을 한다. 현대 독자들은 웅장하면서 단순한 구조의 작품보다 부조화적이고 복합한 구조의 텍스트에 더 호기심을 느끼기 때문이다.

이 **다원적** 발자크는 니콜 모제가 《인간 희극》의 작가일 뿐 아니라, 《청년기 소설》과 《야릇한 이야기》의 작가이기도 한 다양한 면모를 지닌 발자크를 연구한 책에서 바짝 추적하는 그의 모습이기도 하다. 무척 단순화된 발자크의 모습이 역사적 · 학자적 · 기호학적 · 발생학적 등 다양한 접근 방식들에 의해 마구 뒤섞여 있다.

발자크가 자신의 텍스트들에 대한 다양한 버전들을 제공했던 것은 서로 상반되는 두 가지 해석이 가능하다. 현재까지 우세했던 해석은 텍스트를 향상시키기 위해 자신의 일을 쉼없이 보완해 나가는 완벽주의자인 작가의 실제적인 이미지에 해당한다. 그러나 어떤 향상이라도 있는가, 아니면 관점의 변화만 있을 뿐인가? 발자크 텍스트의 중요한 특징을 발견하게 되는 또 다른 해석이 가능한데, 그것은 작품이 가지는 중요성과 상상력만이 용서가 되는 실패로 보는 것이 아니라 바로 작품의 힘과 현대성에 관한 것이다. 발자크 소설들의 총체인 《인간 희극》은 끊임없이 움직이는, 변화무쌍한 형태를 가진 놀라운 텍스트인 것이다.

N. 모제, 《다원적 발자크》(p.290)

더 광범위하고 야심찬 의미에서 소설가 발자크의 특수한 공헌을 규정하려고 애쓰는 지금, 사상가 발자크를 합법화하기 위해서 체계라는 개념에 도움을 청하는 것은 이제 쓸모없는 일처럼 보인다. 소설가 발자크는 모든 체계에서 벗어난 소설적 수단들을 통해 사상가가 될 것이다.

진행중인 연구들

현행의 연구들을 특징짓는 접근 방식의 다양성은 재구성과 다시 쓰기 같은 끊임없는 변화를 겪은 총서의 복잡함과 다양성에 기인한다.

우선 현행 연구들의 특징은 발자크의 어떤 면과 발자크의 어떤 작품들도 제외시키지 않으려고 애쓴다는 것이다. 그동안 별로 연구되지 않았던 《야릇한 이야기》나 《결혼의 생리학》, 그리고 별 주목을 받지 못했던 단편 소설들에 제기된 최근 몇 해 동안의 관심이 이를 증명한다.

단편 소설들에 관한 몇몇 연구들

- 《사라진》은 조르주 바타유(《푸른 하늘》)와 장 르불(《분석을 위한 노트》, 제7호, 1967), R. 바르트(《S/Z》, 1970), 미셸 세르(《헤르마프로디토스, 조각가 사라진》, 플라마리옹, 1987), 그리고 샌디 페트레이(《사실주의와 혁명》, 코넬대학출판부, 1988)의 주의를 연속적으로 끌었다.
- 《이별》: 마들렌 보르고마노(《낭만주의》, 제76호, 1992).
- 《징집군인》: 뤼세트 피나(《시(時)》, 제64호, 1993)와 F. 슈레

베겐(《문학 비평》, 클랑시에 게노, 1987).
- 《미지의 걸작》: 위베르 다미쉬의 《노란 카드뮴 창 혹은 그림 아래》의 제1장(쇠이유, 1984), 레이몽 마유의 연구서 《미지의 걸작, 강바라, 마시밀라 도니》, E. 데이비드 · F. 르리슈 · R. 마이유의 《예술 작품》에 수록, 〈디아〉 시리즈, 1993.
- 단편 소설들은 내재적 · 구조적 혹은 주제적 분석을 하기에 소설보다 훨씬 용이하다.
- 폴 페롱의 《《대문에 실타래 장난을 하는 고양이가 그려진 집〉에서의 등장 인물들의 체계와 현실태적 지세학》, 《발자크의 소설》(디디에, 1980).
- 《《황금빛 눈의 소녀》의 구조적 비평》, N. 모제의 《다원적 발자크》(p.124-142)에 수록.

이미 진행중이거나 새로 진행되기 시작하는 연구들 가운데 여전히 중요하게 인식되는 세 가지 주제가 있다. 즉 발자크의 소설적 시학, 그의 작품의 수용, 끊임없는 다시 쓰기로 인해 제기되는 특수한 문제들이 바로 그것이다.

발자크 소설의 시학

발자크적 시학에 관한 연구는 끊임없이 제기되는 질문들의 원천으로 남아 있다. 최근의 두 권의 저서, 장 파리의 《발자크》(발랑, 1986)와 아네트 로자 · 이자벨 투르니에의 《발자크》(A. 콜랭, 1992)에서 이 질문에 부합되는 비중이 얼마나 큰지를 살펴보자. 한 권은 첫번째 장(章)을 의심의 시대에 접어들었다고 보는 발자크의 등장 인물에게 할애하고, 다른 한 권은 발자크가 1840년에 《르뷔 파리지엔》지에 쓴 평론들에서 스스로 규정할 목표라고 밝힌 바 있는

'발자크적 시학의 법칙들'에 할애한다.

　등장 인물에 대해서:

　'전위(前衛)'에 이르기까지 길을 잘못 들었던 몇몇 선입견과는 달리 발자크의 등장 인물은 어쨌든 능동적인 형태로, 자신의 주변에 갇히고 고정되어 있는 소재가 아니라 그 기능이 결코 확실치 않은 잠정적인 정지 상태에 있는 소재이다. 사방에서 위협을 받는 이 등장 인물은 자신이 자리를 차지했거나/차지하는/차지할 다른 책들을 통해서만 그의 아바타(화신)들을 범람시키며, 사회 문제에서 위기를 야기하는 거대한 문제성의 일환이 된다.

J. 파리, 《발자크》(p.182)

　다른 한편 1994년 몬트리올에서 개최된 발자크 연구에 대한 국제학술회의는 그 주제를 발자크와 그의 소설 시학으로 정했다. 그러나 1980년 스리지의 학술회의는 이미 《발자크: 소설의 발견》에 관해 다룬 바 있다. 사실 문학 비평 혹은 발자크 비평 잡지, 그리고 발자크에게만 국한되지 않는 총괄적 서적들이 이 문제에 관한 많은 연구서들을 발간하였다. 여기에 토론토에서 발자크학회가 열린 1978년 이후 발간된 평론들 중 모든 주제를 총망라하거나, 모범이 되는 것은 아니지만 그래도 의미 있는 것들을 소개한다.

　• 묘사와 인물에 관한 연구
　프랑수아즈 반 로슙 기용, 〈발자크 소설에서의 묘사〉, 《발자크의 해》, 1980.
　파트릭 앵베르, 〈발자크 소설에서의 묘사의 체계〉, 《발자크의 소설》, 몬트리올, 디디에, 1980.

롤랑 르 위낭/폴 페롱, 〈발자크와 묘사〉, 《시학》, 제61호, 1985.

자크 네프, 〈배경도에 나타난 형상들: 마을의 신부〉, 《문학지》, 제61호, 1986.

피에르 라즐로, 〈뷔퐁과 발자크: 묘사적 모델의 변화〉, 《낭만주의》, 제58호. 1987.

장 몰리노, 〈발자크와 인물 묘사의 기술, '사라진'의 주변에서〉, 《문자와 현실, 앙리 쿨레에게 바쳐진 일반적 문학과 낭만주의 비평의 혼합》, 프로방스대학출판부, 1988.

베르나르 부이유, 《〈인간 희극〉에서의 약호와 형상화〉, 《낭만주의》, 제79호, 1993.

앙리 미테랑, 〈발자크적 묘사의 형상들〉, 《미시간 소설 연구》, 〈수사학〉, 제13권, vol. XIII 안 아버, 1993.

• 서술과 메타담화에 관한 연구

프랑수아즈 반 로슘 기용, 〈여담의 필요성, 발자크 소설에서의 메타담화의 형상에 관해서〉, 《르뷔 데 시앙스 위멘》, 제175호, 1979-1983.

프랑수아즈 반 로슘 기용, 〈잉여와 부조화: 메타 담화와 자동 묘사〉, 《가난한 친척들》, F. 반 로슘과 M. 반 브레드로드 출판사, 1981.

프랑수아즈 반 로슘 기용, 〈발자크 소설에 나타난 메타 담화와 미학적 주석: 몇 가지 문제들〉, 《드그레》, 제24-25호, 1981.

안 마리 바롱, 〈관찰자 발자크의 위상과 기능〉, 《발자크의 해》, 1989.

- 독자와 해석에 관한 연구

프랑크 쉬레베겐, 〈독자와 산토끼, 어떻게 발자크의 《징집군인》을 읽을 것인가?〉, 《문학 비평》, 클랑시에 게노, 1987.

조엘 메르테스 글레즈, 〈유혹과 결혼: 《모데스트 미뇽》에서의 해석의 상투성〉, 《발자크, 총서, 〈인간 희극〉의 '순간'》, 뱅센대학출판부, 1993.

- 장르들의 충돌에 관한 연구

자닌 기샤르데, 〈발자크와 동화〉, 《르뷔 드 시앙스 위멘》, 제175호, 1979-1983.

루트 아모시, 〈《인간 희극》의 특유한 속박의 활용: 외설적 이야기의 예〉, 《발자크: 소설의 창조》, 벨퐁, 1982.

샹탈 마솔 브두앵, 〈《페라귀스》의 수수께끼: 탐정 소설에서 사실주의 소설까지〉, 《발자크의 해》, 1987.

앙드레 바농시니, 〈《피에레트》와 멜로드라마적 코드의 혁신〉, 《발자크, 총서, 〈인간 희극〉의 '순간들'》, 뱅센대학출판부, 1993.

알린 뮈라, 〈《골짜기의 백합》: 서한체 소설?〉, 《발자크, 〈골짜기의 백합〉, 〈천상의 파란〉》, SEDES, 1993.

이자벨 도미나티 바뤼셀, 〈사랑하는 것 혹은 글을 쓰는 것: 문자에서 소설까지〉, 《발자크, 〈골짜기의 백합〉》에 수록.

수용에 관한 연구들

이 연구서들은 발자크에 관한 비평적 담론과 그것들의 논리성과 가치론의 연구라는 전망에 위치시킬 수 있다. 혹은 비평의 수용에 관한 영역을 뛰어넘어, 예를 들자면 편지를 통한 독자들의 비평을 파악하기 위한 것일 수도 있다. 또한 한스 로베르 조스의 수용에 대한 미학의 관점에서 이 단순한 독자들의 기대와 발자크 소설로 인해 생긴 효과의 재구성을 시도해 볼 수도 있다.

앙드레 바농시니, 〈발자크를 읽는 것/쓰는 것: 비평적 담화의 순간들〉, 《발자크와 가난한 친척들》, CDU와 SEDES, 1981.

앙드레 바농시니, 〈발자크적 비평논리학을 위해서, 문제 제기의 소묘〉, 《문학지》, 제42호, 1981년 5월.

뱅상 데콩브, 〈《인간 희극》의 제목〉, 《비평에 관한 현행의 문제들》, 클랑시에 게노, 1982.

니콜 비요, 〈비평으로 본 발자크, 1839-1840〉, 《발자크의 해》, 1983; 《《고리오 영감》과 그의 문학적 자산〉, 《발자크의 해》, 1986.

데이비드 벨로, 〈재인식: 발자크와 그의 여성 대중〉, 《총서와 비평》, 제11권, 제3호, 1986.

니콜 비요, 〈비평 앞에서의 《고리오 영감》(1835)〉, 《발자크의 해》, 1987.

실비 뒤카스, 〈1836년의 문학 비평과 독자들의 비평. 《골짜기의 백합》, 해독할 수 없는 소설?〉, 《발자크, 골짜기의 백합》에 수록, SEDES, 1993.

알랭 밸랑, 〈발자크와 7월 왕정하의 소설 출판의 위기〉, 《인간 희극의 '순간'》, PUV, 1993.

발생학적 문제들

텍스트들의 생성의 역사는 비평의 전통에 속하고, 한 소설이 출판되면 클래식 가르니에의 경우처럼 그 소설의 고증본이 따라나온

다. 텍스트들이 확정되면, 확실치 않는 텍스트들이 쏟아져 나온
다. 예를 들자면 롤랑 숄레의 《언론인 발자크》 덕분에 신문과 잡지
들에 관한 평론들이 증가한 것과, 르네 기즈 덕분에 청년기 소설
을 편집할 때 《추방자》가 포함되는 것처럼 말이다.(《발자크의 해》,
1985)

그럼에도 불구하고 발생학은 그 주된 관심을 '초고'와 결정판
이전의 모든 텍스트 상태로 이동시켰다. 그리하여 교정이나 첨가
없이는 소설을 재출간하지 않는 만큼 새로운 질문들이 계속해서
발자크 소설에 제기될 수 있는 것이다. 그의 소설은 언제나 변화
하는 텍스트인 것이다. 발자크적 발생학은 원고보다는 계속되는
편집과 교정으로 인쇄된 자료의 성질 속에서 그 특수성을 발견할
수 있다. 이는 앙투안 알바라가 《위대한 작가들의 원고 교정을 통
해 배운 문체의 작업》(A. 콜랭, 《옛것과 새것》, 1903; 재출간, 1991)
에서 이미 살펴본 내용이다.

발자크적 발생학이 소설의 발생학에 관한 서류로 볼 수 있는 한
권의 책을 공급하는 반면, 수많은 이전 텍스트들, 원고들의 교정
본을 포함시킨 피에르 조르주 카스텍스와 그의 연구팀이 만든 플
레야드판과, 다른 한편으로 스테판 바숑의 《발자크의 작업과 나날
들》에서의 세심한 묘사와 연대 추정은 발자크를 특징짓는 교정과
첨가 혹은 재사용의 현상들을 연구하는 데 필수불가결한 작업의
도구들을 제공한다. 따라서 이것은 결정판을 만들거나 이전 상태
들보다 더 우수함을 드러내는 것이 문제가 아니라, 서로 다른 상태
와 판본에 대한 다양성들을 연구하는 것이 문제이다. 한편 발자크
의 글쓰기에 대한 특수성을 살펴보기 위해서는 더 큰 발생학적 접
근 방식에 따라 이전의 텍스트에 덧붙여 계속된 출판물들의 연구

가 첨가되어야 한다. "각 소설들의 배치, 작품의 구조와 전체적 조직, 텍스트를 안정된 상태에 이르게 하는 것 등 총체로서의 작품"(S. 바숑, 《인프라》에서 인용된 평론)이 그 연구의 대상이 된다.

• 생성학에 관한 연구

클로드 뒤셰, 〈미완성된 것에 관한 미완성 노트〉, 《미완성 원고》, 루이 에 출판사, **CNRS**, 1986.

마들렌 앙브리에르(파르조), 〈발자크, 현실에서 상상으로? 서류와 그것의 변신〉, 《고문서 보관소의 소설들》, 릴대학출판부, 1987.

《발자크의 해》의 평론들, 특히 1988년과 1989년의 것.

니콜 모제, 《다원적 발자크》, **PUF**, 1990, 제5장.

니콜 모제, 〈글쓰기 원리들의 역사를 위해서: 발자크의 원고들을 조르주 상드의 원고들과 비교할 수 있나?〉, 《텍스트 발생학에 관한 연구》, 암스테르담, 애틀랜타, 로도피, 1990.

스테판 바숑, 〈'서른 살 여자'의 같은 이야기: "나는 원고로 사용되는 판본을 교정했다"〉, 《발자크, '서른 살 여자'》, **SEDES**, 1993.

최근의 발자크에 관한 연구들은 한편으로는 발자크와 그의 시학을 다원적으로 보는 경향이 강화되고, 다른 한편으로는(같은 방향이기는 하다) 《인간 희극》을 완성하는 데 그 구성 요소가 되었던 텍스트의 역사성과 이질성을 제거하는 작업에서 벗어나는 경향이 크다. 발자크의 계획에 찬성하든 반대하든 최근의 연구들은 《인간 희극》을 미완으로 남게 하는 데 주력하면서, 그것을 다시 재검토하는 것에 몰두한다.

V

참고 문헌 안내

여기에서 선택된 발자크에 관한 저서들은 모든 주제를 망라하지는 않지만, 앞장에서 이미 언급한 내용들의 연장선상에 있는 것으로 각 항목 내에서 연대기순으로 정리해 놓았다.

이 참고 문헌에 보충해서 아니 뤼시엔 코송의 《20년간의 발자크 참고 문헌(1948-1967)》(미주리대학, 1970)과 1961년부터 매년 '발자크의 해'에 제공된 《발자크 참고 문헌》을 참조하면 된다.

메종 드 발자크 내에 있는 발자크의 서재는 1971년부터 전문화된 도서관의 모습을 갖추고, 오늘날 1만여 권에 이르는 서적을 보유하면서 발자크 연구자들에게 개방되어 있다. 레누아르 47번가 아래에 위치하고 있으며, 1910년 개관된 이래 1949년부터 파리 시의 소유로 운영되면서 규칙적으로 발자크에 관한 전시회를 연다. 다음 전시회는 〈발자크와 책에 관련된 직업들〉이 될 것이다.

1. 판본들

판본들과 참고 자료

이 책의 후반부에 《인간 희극》의 다양한 판본들이 소개되었다.

여기서는 초보자를 포함한 모든 연구자들에게 커다란 관심을 받는 피에르 조르주 카스텍스의 〈플레야드〉판에 한정시켜 살펴볼 것이다. 특별한 점은 제12권에 있는데, 거기에는 참고 문헌 목록뿐 아니라 아주 유용한 여러 개의 색인표(허구적 등장 인물들, 현실의 인물들, 역사적 인물들, 신화적 인물들에 관한 색인표, 인용된 문학 서적, 인용된 작품들, 《인간 희극》의 허구적 등장 인물들의 저서들에 관한 색인표 등)가 담겨 있다.

《인간 희극》, P. G. 카스텍스의 지도하에 발간된 판본, 갈리마르, 〈플레야드〉, 1976-1981, 전12권.

《각종 작품들》, P. G. 카스텍스의 지도하에 발간된 판본, 갈리마르, 〈플레야드〉, 전1권, 1990. 이 책에는 《1백 가지 야릇한 이야기》와 발자크의 초기 철학 에세이들·소설·극작품 및 시가 담겨 있다. 다른 두 권이 연대순으로 발간될 예정이다. 제2권은 1824년부터 1835년까지의 작품들이 될 것이고, 제3권은 1835년부터 1848년까지의 작품들이 담겨지게 될 것이다. '청년기 소설들'은 분권으로 다른 판본으로 출간될 것이다.

발자크의 극작품들은 르네 기즈에 의해 《삽화가 있는 총서》(장. A. 뒤쿠르노가 발간, 비블리오필 드 로리지날 출판사, 1965-1976, 제21-23권)의 세 권 속에 소개된다.

한편 클래식 가르니에 출판사가 나타내는 관심도 주목해야 한다. 이 출판사의 고증 자료는 주목할 만한 것이다.

원고

대부분의 발자크 원고들은 앵스티튀 드 프랑스의 로방줄 남작의 수집품 속에 보관되어 있다. 〈플레야드〉판의 독창성은 이전 텍스트들도 함께 싣는다는 것으로, 생성에 관한 소중한 자료들과 함께 많은 초고와 교정본이 실려 있다.

《서한문》, 로제 피에로가 발간, 가르니에, 1960-1969, 전5권.

《한스카 부인에게 보낸 편지》, 로제 피에로 발간, 비브리오필 드 로리지날, 1967-1971, 전4권, 1990년에 부캥 출판사에서 재발간됨, 전2권.

미발간된 책의 출판: 《추방자》, 1823년과 1825년 사이에 시도된 역사 소설 중 가장 진척된 원고로 1985년 가르니에 출판사에서 《발자크의 해》 속에 발간되었다. 발자크의 비서들인 벨루아와 그라몽에 의해 완성되어 1837년 H. 드 생 토뱅의 《총서》에 포함된 이 소설에서 발자크가 쓴 부분이 어디인지 정확하게 밝혀 준다.

2. 참고 문서

비평서 모음집

마크 블랑샤르의 저서만이 이용 가능하다. 이 책은 발자크 비평의 일람표라기보다는 주석을 달지 않고 주제별로 모은 분석집이다.

마크 블랑샤르, 《발자크에 관한 판단과 분석, 에세 비블리오그라피크, 분석 모음집》, 1931, 제네바, 슬라트킨 출판사에서 재발간, 1980.

1850년과 1900년 사이에 발자크에 관한 방대한 평론들을 담은 참고 문헌도 참조해야 한다:

D. 벨로, 《프랑스에서의 발자크 비평, 1850-1900, 명성 만들기》, 클라랜던 출판사, 옥스퍼드, 1976.

아르레트 미셸, 〈발자크 연구의 현재 상황〉, 《앵포르마시옹 리테레르》, 1986년 9-10월, 1986년 11-12월.

일반적인 참고 목록:

르네 랑쾨르, 《프랑스 문학의 참고 문헌》, A. 콜랭, 1953년부터 매년 출간.

오토 클랍, 《프랑스 문학사 참고 문헌》, 프랑크푸르트 암 마인, V. 클로스터만, 1960년부터(1968년부터 매년 출간).

정기 간행물들

《발자크의 해》, 1959년 발자크 연구 그룹에 의해 창간, 가르니에 출판사에서 매년 출간되다가 1980년 이후 PUF에서 새로운 시리즈로 출간됨. 미발간된 책, 비평서 및 문헌 정보들을 출간함. 몇몇 호는 학회에 발표된 논문들(A. B. 1985: 《《고리오 영감》에 나타난 청년기 소설들〉; A. B. 1992: 〈발자크와 유럽〉)을 출간하거나, 특수한 자료들(A. B. 1991: 〈발자크와 권력〉)을 싣기도 했음. 새로운 시리즈의 각각 호는 이전 호에서 실었던 평론들의 리스트를 함께 싣는다.

《발자크의 우편물》, 소시에테 데 자미 드 발자크의 기관지.

발자크 특집호:

《유럽》, 429-30호, 1965년 1월, 2월.

《마가진 리테레르》, 120호, 《발자크》, 1977년 1월.

《르뷔 드 시앙스 위멘》, 제175호, 릴III대학, 1979년 9월.

《작품과 비평》, 제11권, 제3호, 《오노레 드 발자크》, 군터 나르

패얼락, 투빙엔, 1986.

《에키노스》, 프랑스 문학 국제 잡지, 《발자크》, 린센 북스, 오사카, 1994년 봄.

3. 역사적 연구서와 자전적 연구서

전기적 연구서와 전기

• 당대의 증언들

레옹 고즈랑, 《발자크와 실내화》(1856), 르메르시에 재발간, 1926.

로르 쉬르빌, 《발자크: 서한문을 통해 본 그의 삶, 그의 작품》, 리브레리 누벨, 1858.

테오필 고티에, 《오노레 드 발자크》, 풀레 말라시, 드 브루아즈, 1859, 《당대의 초상》에 수록, 샤르팡티에, 1974; 《발자크의 초상》으로 재발간, 아나바즈, 1994.

• 전기

피에르 아브라앙, 《발자크, 지적 창작에 관한 탐구》, 리데르, 1929.

앙드레 빌리, 《발자크의 삶》, 플라마리옹, 1944; 《발자크》의 제목으로 1947년 재출간, 클럽 데 제디퇴르, 1959.

스테판 츠바이크, 《발자크: 전기》, 뉴욕, 바이킹 출판사, 1946, 알뱅 미셸에서 프랑스어역 출판, 1950.

장 A. 뒤쿠르노, 《발자크 앨범》, 갈리마르, 1962.

앙드레 모루아, 《프로메테우스 혹은 발자크의 삶》, 아셰트, 1965; 플라마리옹에서 재출간, 1974.

라파엘 드 세자르, 《1836년 12월 발자크의 비참과 영광》, 밀라노, 비타 에 펜시에로, 1977.

모리스 바르데슈, 《발자크》, 쥘리아르, 1980.

제라르 젱장브르, 《발자크, 문학의 나폴레옹》, 갈리마르, 〈데쿠베르트〉 시리즈, 1992.

로제 피에로, 《오노레 드 발자크》, 파야르, 1994.

종합적 연구서와 에세이

페르디낭 브륀티에르, 《프랑스 문학 개론》, 1899, p.442-453.

에밀 파게, 《발자크》, 아셰트, 1913.

이폴리트 텐, 《비평과 역사의 새로운 시도》, 〈발자크〉에 관한 장(章), 아셰트, 1865.

앙드레 벨르소르, 《발자크와 총서》, 페랭, 1924; 1937년 재발간.

에른스트 로베르트 쿠르티우스, 《발자크》, H. 주르당의 프랑스어 역, 그라세, 1933.

알베르 티보데, 《1789년부터 오늘날까지의 프랑스 문학사》, 스톡, 1936, p.219-138.

알랭, 《발자크를 읽으면서》, 마르티네, 1935; 《발자크와 함께》의 제목으로 재출간, 갈리마르, 1937.

베르나르 기용, 《발자크의 정치적 · 사회적 생각》, 아르망 콜랭, 1947; 1967년 재발간.

피에르 로브리예, 《발자크 소설에 나타난 소설 기법의 지성》, 디디에, 1961.

장 에르베 도나르, 《〈인간 희극〉에 나타난 경제적 · 사회적 현실들》, A. 콜랭, 1961.

모리스 바르데슈, 《발자크 독서》, 세트 쿨레르, 1964.

앙드레 위름세르, 《오노레 드 발자크, 창작과 열정》, 플롱, 1965.

알베르 베갱, 《읽고 또 읽는 발자크》, 쇠이유, 1965.

페르 니크록, 《〈인간 희극〉에 나타난 발자크의 생각, 몇 가지 개념에 관한 스케치》, 뭉스가르트, 클링트지크 배포, 1965.

피에르 바르베리, 《발자크 신화》, A. 콜랭, 1971.

피에르 바르베리, 《발자크의 세계》, 아르토, 1973.

막스 앙드레올리, 《발자크의 체계, 공시적 묘사의 시도》, 릴대학 논문 편찬실, 1984. 전2권.

장 파리, 《발자크》, 〈삶, 작품, 시대〉 시리즈, 1986.

니콜 모제, 《다원적 발자크》, PUF, 1900.

총서에 관한 논문과 연구서

마크 블랑샤르, 《발자크 총서에 나타난 전원과 그 주민들》, 샹피옹, 1931, 제네바 슬라트킨 재발간, 1980.

필립 베르토, 《발자크와 종교》, 부아뱅, 1942; 증보된 재출간, 제네바, 슬라트킨, 1980.

M. 르 야우앙, 《발자크 인간성의 병리학》, 말로인, 1959.

올리비에 보나르, 《발자크 창작품에 나타난 회화》, 제네바, 드로즈, 1969.

피에르 바르베리, 《발자크와 세기병》, 전2권, 갈리마르, 1970.

로즈 포르타시에, 《〈인간 희극〉에 나타난 세속성》, 클링트지크, 1974.

안토니 R. 퍼스, 《발자크의 회귀하는 인물들》, 토론토대학출판부, 1974.

뤼시앵 프라피에-마쥐르, 《《인간 희극》에 나타나 은유적 표현》, 클링트지크, 1976.

아르레트 미셸, 《오노레 드 발자크 작품에 나타난 결혼, 사랑과 페미니즘》, 벨 레트르, 1978.

니콜 모제, 《발자크 총서에 나타난 프로방스의 마을》, SEDES-CDU, 1982.

모리스 메나르, 《발자크와 〈인간 희극〉에 나타난 희곡성》, 소르본대학출판부, PUF, 1983.

자닌 기샤르데, 《발자크, 〈파리의 건축가〉》, SEDES, 1986.

이자벨 투르니에, 《발자크, 우연, 소설》, 릴대학논문편찬실, 1993.

캐시 네시, 《《결혼의 생리학》에서 〈인간 희극〉까지의 여자, 시간의 사용, 발자크》, 렉싱톤, 켄터키, 프렌치 포럼 출판사, 1993(클링트지크 배포).

• 사실주의에 관한 연구서

디외르디 루카치, 《발자크와 프랑스 사실주의》, 마스페로 1935; 1967년 프랑스어역 출판.

에리히 아우어바흐, 《미메시스》, 갈리마르, 1968, 제18장; 〈텔〉 시리즈로 재발간, 1977.

미셸 뷔토르, 〈발자크와 현실〉, 《목록 I》, 미뉘 출판사, 1960.

미셸 콩데, 《소설 개인주의의 사회적 생성. 18세기에서 19세기까지 프랑스 소설 발전의 역사적 스케치》, 니마이어, 튀빙겐, 1980,

제5장.

총서의 생성과 전기에 관한 연구서

샤를 드 스포엘베르크 드 로방줄, 《오노레 드 발자크 총서의 역사》, 칼망-레비, 1888; 제네바 슬라트킨, 1968.

샤를 드 스포엘베르크 드 로방줄, 《발자크 소설의 생성, 〈농부들〉》, 오랑도르프, 1901.

J, 피에르 바리에르, 《H. 드 발자크의 청년기 소설들》, 아세트, 1928.

알랭 프리올, 《〈인간 희극〉 이전의 발자크, 1818-1829》, 총서의 생성에 관한 연구서, 주브 에 시 출판사, 1936.

모리스 바르데슈, 《소설가 발자크, 〈고리오 영감〉의 출간까지 발자크의 소설 기법 형성(1820-1835)》, 플롱, 1940, 제네바, 슬라트킨 재출간, 1967.

베르나르 기용, 《발자크 작품의 문학적 창작》, A. 콜랭, 1951.

장 포미에, 《H. 드 발자크의 〈토르필〉 창작과 글쓰기》, 미발간된 원고가 함께 실림, 제네바 드로즈 미나르, 1957.

자크 보렐, 《발자크의 등장 인물과 운명, 문학 창작과 일화적 자료들》, 조제 코티, 1958.

피에르 바르베리, 《발자크의 원천, 청년기 소설들》, 비브리오필 드 로리지날, 1965.

테츠오 타카야마, 《발자크의 미완성된 소설 작품들(1829-1842)》, 도쿄/파리, 조제 코티, 1966.

롤랑 숄레, 《언론인 발자크, 1839년의 전환》, 클링트지크, 1983.

니콜 펠케, 《발자크와 출판인들, 1822-1837. 소설 발간의 시도》,

프로모디, 세르클 드 라 리브레리 출판사, 1987.

스테판 바숑, 《H. 드 발자크의 작업과 나날들. 발자크 창작의 연대기》, 뱅센대학출판부, CNRS출판부, 몬트리올대학출판부, 1992.

수용에 관한 연구서

마크 블랑샤르, 《발자크에 관한 증언들과 평가들》, 샹피옹, 1931, 제네바, 슬라트킨 재출간, 1980.

마르그리트 익나안, 《프랑스 소설의 아이디어: 비평적 반작용 1815-1848》, 제네바 드로즈 미나르, 1961.

데이비드 벨로, 《프랑스의 발자크 비평, 1850-1900, 명성 만들기》, 옥스퍼드, 클라랜던 출판사, 1976.

메리 수잔 맥캐시, 《발자크와 그의 독자, 〈인간 희극〉의 의미 창조에 관한 연구》, 미주리대학출판부, 콜롬비아와 런던, 1982.

프랑수아즈 파랑 라르되르, 《서점 진열실, 왕정복고 시대의 공공 독서》, 페요, 1982.

크리스틴 무누, 《발자크와 여성 독자들》. 앵디고, 여자들 편에서, 1994.

입문서들

피에르 바르베리, 《사실주의의 신화》, 라루스, 1971.

르네 기즈, 《1. 사회. 2. 개인》, 아티에, 1972-1973, 전2권.

피에르 루이즈 레이, 《발자크의 인간 희극: 비평적 분석》, 아티에, 1979.

아네트 로자/이자벨투르니에, 《발자크》, A. 콜랭, 1992.

4. 총서의 내재적 분석

주제 비평 및 정신분석학적 비평서

조르주 풀레, 《인간적 시간의 연구》, 제2권, 《내적 거리》, 플롱, 1950-1952, 1976(p.122-193).

장 피에르 리샤르, 《발자크의 육체와 배경》, 낭만주의 연구, 쇠이유, 1970.

마르트 로베르, 《기원의 소설, 소설의 기원》, 그라세, 1972.

피에르 시트롱, 《발자크 안에서》, 쇠이유, 1986.

조르주 당제, 《발자크적 에로스, 〈인간 희극〉에 나타난 욕망의 구조》, 조제 코티, 1989.

안 마리 바롱, 《저주받은 아이, 〈인간 희극〉에 나타난 무의식》, 나탕, 〈텍스트 아 뢰브르〉 시리즈, 1993.

구조에 관한 연구서, 서술학적·기호학적 연구서

앙드레 알망, 《발자크 세계의 단위와 구조》, 플롱, 1965.

제라르 주네트, 《피구르 II》, 쇠이유, 1969.

롤랑 바르트, 《S/Z》, 쇠이유, 1970.

베르나르 바니에, 《육체의 등록. 발자크적 인물 묘사의 기호학을 위하여》, 클링트지크, 1972.

타신 유셀, 《〈인간 희극〉에 나타난 형상과 메시지》, 마메, 1973.

마틴 케인, 《발자크 희곡의 담화》, 프린스턴대학출판부, 1975.

조르주 자크, 《〈인간 희극〉에 나타난 배경도와 구조》, 루뱅대학출판부, 1976.

피터 브룩, 《멜로 드라마의 상상력, 발자크, 제임스. 멜로드라마와 과도함의 형태》, 뉴헤븐과 런던, 예일대학출판부, 1976.

파트릭 앵베르, 《발자크적 묘사의 기호학》, 오타와대학출판부, 1978.

롤랑 르 위낭/폴 페롱, 《발자크, 소설의 등장 인물의 기호학》, 몬트리올대학출판부, 1980.

앙드레 바농시니, 《현대성의 형상들, 발자크적 담화의 창조에 관한 인식론에 관한 에세이》, 조제 코티, 1984.

쥘리에트 프뢰리히, 《그림 기호, 발자크 소설에서의 묘사의 형상들》, 솔럼 포르라그, 노르웨이, 프리바트 출판사, 1985.

조안 다르강, 《발자크와 전망의 드라마. 〈인간 희극〉의 선별된 작품의 화자》, 프렌치 포럼 출판사, 렉싱톤, 켄터키, 1985.

쥘리에트 그랑주, 《돈, 산문, 천사》, 디페랑스 출판사, 1990.

프랑크 슈레베겐, 《발자크 대 발자크. 독자의 지도》, SEDES/파라텍스트, 토론토, 파리, 1990.

알란 H. 파스코, 《《인간 희극〉을 형성하는 발자크의 몽타주》, 토론토대학출판부, 1991.

R. 마이우/E. 다비드/F. 르리슈, 《기술의 작품(발자크, 프루스트, 릴케에 관한 연구)》, 블랭 출판사, 〈디아〉 시리즈, 1993.

5. 공동 연구서와 단행본 연구서

공동 연구서

《발자크의 〈인간 희극〉의 발전 과정》, E. P. 다간/B. 웨인버그,

시카고대학출판부, 1942.

《발자크와 19세기》, D. G. 챨톤/J. 고든/A. 퍼스, 라이체스터대학출판부, 1972.

《발자크의 소설》, R. 르 위낭/R. 페롱, 디디에, 몬트리올, 1980.

《오노레 드 발자크》, E. 굼브레시트/K. 쉬티얼레/R. 와닝, W. 핑크 출판사, 뮌헨, 1980.

《발자크, 소설의 창조》, C. 뒤세/J. 네프, 밸퐁 출판사, 1982.

《〈인간 희극〉의 '순간,' 발자크 총서》, C. 뒤세/I. 투르니에, 뱅센대학출판부, 1993.

단행본 연구서

자크 보렐, 《〈골짜기의 백합〉과 발자크적 창작의 심오한 구조들》, 조제 코티, 1961.

마드렌 파르조, 《발자크와 〈절대 탐구〉》, 아세트, 1968.

앙드레 로항, 《H. 드 발자크의 〈가난한 친척들〉, 역사적 비평적 연구》, 제네바, 드로즈 출판사, 1967, 전2권.

《발자크와 〈신비로운 도톨가죽〉》, C. 뒤세 외, SEDES-CDU, 1979.

《발자크와 〈가난한 친척들〉》, F. 반 로슘-기용/M. 반 브레드로드 외, SEDES-CDU, 1981.

《발자크: 〈환멸〉, 〈총서의 핵심 작품〉》, F. 반 로슘 기용, 그로냉장, CRIN 18, 1988.

《발자크, 〈골짜기의 백합〉〈천상의 파란〉》, SEDES, 1993.

《발자크, 〈서른 살 여인〉〈생생한 수수께끼〉》, SEDES, 1993.

• 《외제니 그랑데》에 관한 연구

필리프 베르티에, 《오노레 드 발자크의 〈외제니 그랑데〉》, 갈리마르, 〈폴리오테크〉 시리즈, 1992.

• 《고리오 영감》에 관한 연구

피에르 바르베리, 《발자크의 〈고리오 영감〉, 글쓰기, 구조, 의미 작용》, 라루스, 〈주제와 텍스트〉 시리즈, 1972.

르네 캥사, 《고리오 영감》, 클래식 아셰트, 1972, 〈포슈 크리티크〉 시리즈.

아르레트 미셸, 《〈신비로운 도톨가죽〉 〈13인회 이야기〉 〈고리오 영감〉에 나타난 발자크적 비장미》, 1985.

자닌 기샤르데, 《고리오 영감》, 갈리마르, 〈폴리오테크〉 시리즈, 1993.

마틴 케인, 《〈고리오 영감〉, 혼란한 세상의 해부학》, 트웨인 출판사, 뉴욕, 1993.

결 론

같은 작품에 대해 끊임없이 비평서들이 나온다는 것은 그만큼 많은 비평이 가능하다는 것을 알려주는 것인 동시에 그 작품의 다원성을 보여주는 것이다. 그러나 발자크의 경우, 이 비평의 여정을 마칠 무렵 강하게 울리는 다원성은 어떻게 보면 계획된 것이었다. 이것은 발자크가 의미 가득한 다원성을 자신의 작품에 부여하려 했기 때문이 아니라 오히려 반대로 작품이 다형적(多形的)인 것이 되기를, 단편들로 세워진 기념비가 되기를 바랐기 때문이다. 이것이 바로 1838년과 1839년의 서문에서 프레스코 벽화의 은유, 기념비의 은유와 함께 교대로 사용되는 모자이크 은유의 의미인 것이다. 이 무렵은 작품을 총체화하는 개념이 그 형태를 거의 갖추어 가고 있던 시기였으며, 《인간 희극》이 롤랑 숄레가 《발자크의 묘비》(《인간 희극의 '순간'》)에서 말한 무덤의 묘비로 자처하기 이전이다.

모자이크와 같은 작품

"우연이 훌륭한 작가임을 그 누가 알겠는가! (…) 시간이 지나면 이 조각들이 모여 하나의 모자이크가 만들어질 것이다. 단지 그 모자이크는 베네치아에 있는 생 마크 모자이크처럼 금으로라든지, 고미술품의 그것들처럼 대리석으로 만들어지지는 않을 것임은 분명하다. (…) 그것은 이탈리아 어느 작은 마을 교회들의 모자이크처럼 가장 평범한 흙을 구워 만들어질 것이다. (…) 작가는 레오 10세[로마 교황, 재위 1513-1521] 시대가 아닌 자신의 시대에 살고 있으며, 스코틀랜드 출신의 부자가 아니라 투렌 출신의 가난한 사람이다."(《탁월한 여자》(사무원들)의 초판 서문, 1838. 제7권, p.882-883)

"결국 당신은 삶이 시작되기도 전에 삶의 중간에 와 있게 될 것이다. 이 시작은 끝 다음에 오는 시작이며, 출생 이전의 죽음에 관한 이야기이다.

사회도 마찬가지이다. 당신은 어떤 사교계 살롱에서 10년 동안 만나지 못했던 어떤 사람을 만나기도 한다. 이 세계에서 단 하나의 블록으로 이루어진 것은 아무것도 없다. 이 세계는 모든 것이 모자이크로 되어 있다. 당신은 진행되고 있는 현재에는 적용되지 않는 이미 지나간 시간의 이야기만을 연대기순으로 이야기할 수 있다. 작가는 19세기의 사회를 그 모델로 사용하는데, 그것은 격렬하게 움직여서 제자리에 놓아두기 정말 어려운 모델이다."
(《이브의 딸》 초판 서문, 1839, 제2권, p.265)

마치 기념비처럼 모자이크도 그 의미론 속에 영속성이란 개념을 담고 있다. 하지만 그와 함께 형태의 이질성과, 경우에 따라서는 소재의 이질성(그것으로 통일성을 이루어 내야 하는)이라는 개념도 포함한다. 그들의 조합과 의미를 변화시키기 위해서는 그 모자이크의 한 부분이나 혹은 그 조각들의 위치만 옮기는 것으로 충분하다. 《인간 희극》의 건립자 발자크가 의도하지 않았다 하더라도 이 변화는 《이브의 딸》 서문의 문맥 속에 내포되어 있다. 이는 그 소재인 인쇄물의 성격 자체에 의해서도 유도되며, 그 출판물에 대한 수용의 방식인 비평에 의해서도 역시 유도된다. 잠재적 소설들과 그것에 관한 가능한 해석이 급증하는 것은 지식의 발전이라든지 시간의 경과에 의한 것만이 아니라 발자크 글쓰기의 원리 자체에 그 원인이 있다.

적어도 발자크 시대에 모자이크의 은유는 회화를 다시 복원하고 구현시킨다는 의미소 역시 포함하고 있다. 사실 피에르 라루스의 《19세기 대백과사전》(1866-1878)과 나폴레옹 랑데의 《사전 중의 사전》(1843)은 모자이크란 단어에 뮈제[박물관, 진귀한 것으로 가득 찬 곳]와 같은 어원을 부여한다. "각기 달리 채색된 작은 조각과 작은 돌로 만들어진 작품으로 형상들을 묘사하거나 회화들을 그대로 모방한다."(N. 랑데) "갖가지 빛깔의 작고 단단한 돌이나 에나멜 조각들을 조합하여 어떤 그림을 형성한 작품이다. (…) 로마의 생 피에르 성당의 회화들은 모자이크로 재구성된 작품들이다."(P. 라루스) 발자크에게는 자신이 살았던 시대의 사회와 또한 총체적 문학과 소설적 글쓰기 작업을 이와 같은 방식으로 묘사하는 것이 문제이다. 발자크적 글쓰기의 특징은 아마도 묘사와 자동 묘사를 동시에 겨냥하는 것이라고 말할 수 있을 것이다. 작품은 잠정적인 총체화 속에서 다시 읽히고, 끝을 맺고, 연결되기 위해서 스스로를 향해 시선을 던지는 동시에 사회를 향해서도 시선을 던진다(그리고 그 사회의 비밀을 꿰뚫는다).

세상을 재현하는 것과 프루스트가 자동 명상이라 불렀던 것 사이에 아무런 모순이 없는 것은 발자크가 문학 작품을 세상을 완성시키기 위해 세계를 절단할 줄 아는 한 예술가의 완벽한 걸작으로 인식하는 것이 아니라, 주어진 사회와 역사적 맥락 속에 출판의 제약을 받는 제작 작업으로 인식하는 것과 관련이 있는 듯하다. 이것은 자신의 작품을 정확하게 모자이크에 비유하고 있는 《탁월한 여자》(1838)의 서문(제7권, p.882)에서도 언급된 것이다.

발자크 소설이 움직이는 모빌이라고 한 뷔토르에 뒤이어 우리가 살펴보았던 해석들은 역사적 맥락 속에 닻을 내린 비평들인 만큼 적법하고, 또한 뤼시앵 달랑바흐가 자신의 저서에서 제안하는 포스트모던한 발자크의 이미지만큼이나 현대적이다. 발자크는 언제나 그의 책을 읽는 독자와 같은 시대 사람인가? 대답은 19세기 초반으로부터 우리를 떼어 놓는 모든 것으로 인해 부분적으로는 부정적이다. 하지만 작품 속에 내포된 모든 잠재성 때문에, 그리고 그것이 해석에 의해 현실화될 수 있다는 점에서 어느 정도는 긍정적이다.

클로드 시몽의 소설 《아카시아》 종반부에서, 군대 캠프를 빠져 나와 기적적으로 전쟁에 살아남은 주인공이 삶에 다시 적응하는 법을 배운다. 그는 우선 자신의 육체에 귀를 기울이고, 발자크 책을 읽기 시작한다. "서점에서 그는 적갈색 모로코 가죽으로 제본된 《인간 희극》을 15권 내지 20권 가량 샀다. 그리고 재미는 없지만 한 권도 빠뜨림 없이, 바람이 지붕을 스치면서 덧창의 어떤 부분에 부딪치는 소리를 들으면서 한 권 한 권 인내심을 가지고 읽었다."(미뉘 출판사, 1989. p.379) 재미는 느끼지 못하지만 체계적인 독서는 문학의 기초로 되돌아가 원초적 허구 속에 빠지게 한다. 그리고 글을 쓰기 시작할 힘을 그 속에서 얻게 된다. 바로 그것이 그가 하는 것이다.

연 보

오노레 드 발자크의 삶과 작품

유년기와 청년기(1799-1819)

1799년: 5월 20일 오노레 드 발자크 태어남. 어머니 안 로르 살랑비에는 파리 공공 양로원 책임자의 딸이며, 농부 출신인 아버지 베르나르 프랑수아 발사는 당시 32세로 성을 발자크로 바꾸어 군대 조달국에 근무함.

1807-1813년: 일찍이 유모에게 맡겨졌다가 8세에 방돔 기숙학교에 들어감. 오노레는 어머니의 사랑이 결핍된 아이였으며, 1813년에는 신체적·정신적 상태가 악화되어 그의 부모와 누이들(로르와 로랑스)이 있는 집으로 돌아옴.

1813-1815년: 1814년에 가족이 파리에 정착함. 파리 기숙학교에서 학업을 마침.

1815-1819년: 법학을 공부하면서 소송대리인의 서기로 일하다가, 뒤어어 공증인의 서기로 일함. 영혼 불멸에 관한 에세이를 씀.

철학, 문학, 언론계의 첫 시도(1819-1828)

1819-1820년: 오노레는 공증인이 되기를 포기하고 빌르파리시로 가족을 따라가는 것을 거부함. 레디기에르 가(街)에 정착. 인간에 관한 소논문을 쓰기 시작함. 비극 《크롬웰》 집필. 이어 역사 소설과 철학 소설, 《팔튀른》으로 제목이 바뀐 《아가티즈》와 《스테파

니 혹은 철학적 오류》 집필. 둘 다 미완성 작품임.

1821-1822년: 르 푸아트뱅 드 레그르빌과 공동으로, 다음에는 혼자서 '상업 문학' 시도. 초기 소설들은 로르 룬·오라스 드 생 토뱅이란 가명으로 출간: 1822년 《비라그의 상속녀》《장 루이》《클로틸드 드 뤼지냥》《백년제》《아르덴의 보좌신부》. '정신적 사랑'이었던 로르 드 베르니와 관계 시작.

1823-1824년: 멜로드라마 《흑인》 거부당함. 《마지막 요정》《아네트와 범죄자》 발간.

1824-1828년: 출판업 구상을 위해 출판업자 위르뱅 카넬과 교류. 가명으로 《정직한 사람들의 코드》와 《반 클로르》 출간. 인쇄업에 뛰어듦. 1825년 누이 로랑스 사망. 다브랑테스 공작부인과 교류함. 1828년 사업을 포기하고, 역사 소설을 쓰기 위해 문학으로 돌아옴(《올빼미당》).

첫 구상(1829-1833)

1829-1830년: 1829년 자신의 이름으로 《올빼미당》 발표. 이후 《결혼의 생리학》은 '젊은 미혼남이 씀'이라고 서명함. 1829년 6월 아버지 사망. 인기 있는 살롱과 문학 모임에 소개받아 나감. 출판사와 공동 작업을 늘여 평론을 쓰고, 역시 문학 잡지와 공동 작업으로 콩트와 단편 소설을 씀. 1830년 4월 《사생활 장면들》(6개의 단편) 출간.

1831년: 《신비로운 도톨가죽》과 《철학 콩트들》의 성공으로 글쓰기에 몰두. 그때까지는 자유당원이었으나 1830년 7월 혁명에 환멸을 느끼고 샤를 10세 옹호파(돈 카를로스파)에 서게 됨.

1832년: 한스카 부인과 편지 교류 시작. 그때까지 잡지에 실렸던 소설들을 책(《갈색 콩트들》)으로 출간하고, 이전 텍스트들(《철학적 콩트들》)을 교정·증보하여 재출간함.

1833년: 신문잡지에 소설의 발췌문만 제공함. 소설을 집대성할 것을 처음으로 구상함: 베세 부인과 《19세기 풍속 연구》의 출판 계약 체결. 《루이 랑베르》《시골 의사》 출간. 《외제니 그랑데》《저명한 수다쟁이》가 수록된 《사생활의 풍경》 첫 출간. 9월에 네프샤텔에서 한스카 부인과 처음 만남.

서양의 천일야화(1834-1840)

1834년: 제네바에서 한스카 부인과 오랫동안 머무른 뒤 파리로 돌아와 《올빼미당》과 《시골 의사》 재판 출간. 《고리오 영감》과 《세자르 비로토》 집필 시작. 그가 통일성을 부여하게 될 '거대한 작품'의 세 부분을 완성함. 소설 체계에 결정적인 통일성을 주는 또 다른 요소인 등장 인물의 체계적인 회귀가 《고리오 영감》에 등장. 펠릭스 다뱅이 쓴 중요한 '서문'이 실린 《철학 연구》 초판을 베르데 출판사에서 출간함.

1835년: 《고리오 영감》《신비의 책》(《추방당한 사람들》과 《루이 랑베르》 새 판본, 《세라피타》의 원본판) 출간. 《골짜기의 백합》을 잡지에 발표. 한스카 부인을 만나기 위해 빈으로 여행. 베르니 부인을 마지막으로 방문함. 자치권과 더 교양 있는 대중을 얻기 위해 정치·문학 신문 〈파리시평〉지 인수함.

1836년: 생 페테르스부르에서 《골짜기의 백합》의 미교정판을 허가 없이 출간한 《르뷔 드 파리》지와의 재판에서 승소함. 재정적 이유로 《파리시평》지 정리함. 이탈리아 여행. 돌아오는 길에 베르니 부인의 사망 소식을 듣게 됨. 《골짜기의 백합》 출간. 10월부터

《노처녀》를 지라르댕의 일간지 《프레스》지에 최초의 신문 소설로 출간. 수브랭 출판사에서 《오노레 드 생 토뱅의 전집》 출간.

1837년: 두번째 이탈리아 여행. 세브르의 자르디 농원 구입. 《19세기 풍속 연구》의 마지막 배본 출간. 《사생활의 풍경》《철학적 연구》《세자르 비로토》《1백 가지 야릇한 이야기》 출간. 《사회적 연구》 시작.

1838년: 작가들의 권리를 수호하기 위해 '문인협회' 가입함. 자르디 농원 보수 시작. 《골동품 진열실》 출간. 《결혼의 생리학》의 새 판본으로 샤르팡티에 출판사에서 포켓판의 전신인 '18절판 비블리오테크'를 만드는 데 참여.

1839년: 활발한 활동: 희곡 《살림살이를 배우는 학교》가 극단에서 거절당함. 문인협회 회장. 《이브의 딸》《마을의 신부》《베아트릭스》《환멸》 2부를 신문 소설과 책으로 발표. 샤르팡티에에서 18절판으로 소설과 단편 13권 재출간.

모자이크, 기념비, 무덤의 완성을 향해서(1840-1850)

1840년: 《인간 희극》이란 제목이 막 정해짐. 《보트랭》 공연 금지. 《파멜라 지로》《메르카데》 거부당함. 《르뷔 파리지엔》 창간. 채권자가 자르디 농원을 떠나라고 강요함. 하녀이자 정부인 일명 '브뤼욜 부인'과 파시에 정착함.

1841년: 〈총서〉 출간을 위해 퓌른·에첼·뒤보세·롤랭과 계약 체결. 수 편의 신문 소설(《음모》《위르쉴 미루에》《두 젊은 부인의 회상록》) 출간. 《마을의 신부》 출간.

1842년: 한스키의 사망 소식이 한스카 부인과 결혼하고자 하는 욕망에 다시 불을 붙임. 《키놀라의 재원》의 연극 실패. 《인간 희극》의 초판 출간.

1843년: 생 페테르스부르에서 한스카 부인과 8년 만에 재회함. 《음모》《시골의 뮤즈》 출간. 《인간 희극》의 다음 권 계속 출간됨.

1844년: 발자크의 건강 악화됨. 미래의 부인에게 어울리는 집을 사서 가구들을 들이는 계획을 함. 《환멸》 마지막 배본 출간. 《농부들》《창녀들의 영광과 비참》《오노린》《모데스트 미뇽》 출간.

1845-1846년: 한스카 부인과 유럽 여행. 《인간 희극》의 출간이 늦춰짐. 총 16권의 《인간 희극》 출간은 1846년 8월에 완성됨. 포르튀네 가(街)에 저택 구입. 한스카 부인의 자연 유산 소식을 듣고 절망. 《사촌누이 베트》 신문 소설로 출간.

1847년: 한스카 부인 파리에 옴. 브뤼욜 부인과 헤어짐. 《사촌 퐁스》《아르시의 국회의원》 신문 소설로 출간. 《보트랭의 최후의 현신》 출간. 《시에클》과 《콩스티튀시오넬》이 《세자르 비로토》 재출간. 처음으로 우크라이나의 비에르초프니아로 가서 한스카 부인의 집에 체류함.

1848년: 1848년의 혁명으로 파리에 다시 돌아옴. 그의 계획에 차질이 빚어지게 됨. 《계모》의 연극 성공. 《메르카데》가 《허풍선이》의 제목으로 바뀌고 교정되지만 무대에 올려지지 못함. 《가난한 친척들》이 《인간 희극》의 제17권으로 출간됨.

1849-1850년: 우크라이나에서 병이 남. 오랫동안 지체된 결혼을 1850년 3월 14일 드디어 거행하게 됨. 발자크 부부 5월에 파리로 돌아옴. 8월 18일 발자크 사망.

색 인

이정민
부산대학교 불문학 박사 수료
부산대학교 불어불문학과 강사
현재 한국고속철도(KTX) 차량관리단에서 통번역사로 활동중

현대신서
165

발자크 비평

초판발행 : 2005년 7월 25일

東文選

제10-64호, 78. 12. 16 등록
110-300 서울 종로구 관훈동 74
전화 : 737-2795

편집설계 : 李娅롲

ISBN 89-8038-476-9 94800
ISBN 89-8038-050-X(세트/현대신서)

東文選 現代新書 74

시 학 — 문학 형식 일반론 입문

다비드 퐁텐

이용주 옮김

　이론 교과로서 시학은 모든 예술 사이에, 아름다움에 대한 학문으로 정의된 미학과 다양한 현존 언어들 사이에, 인간 언어에 대한 과학적 연구로 이해되는 언어학의 중간에 위치한다. 시학은 언어로 된 메시지의 미학적 측면, 즉 순간적인 다량의 의사 소통에서 전달된 정보 이후에 바로 사라지지 않고 수신자에게 메시지를 감지하게 만드는 것에 중점을 둔다.

　2천5백 년 전 아리스토텔레스가 기초를 마련한 시학은 현대에 와서 문학의 특성, 즉 '문학성'에 대한 폭넓은 연구로 바뀌었다. 평가하고 해석하는 비평과 달리 시학은 언어 예술, 언어의 내적 규칙, 언어 기법, 언어 형식을 객관적으로 기술하고자 한다. 이 연구서는 먼저 역사적인 흐름에 따라 요약하고, 서술학, 픽션의 세계, 시적 언어, 의미화 과정, 문학 장르의 까다롭고 아주 흥미로운 문제까지 포함한 근대 문학 이론의 다양한 영역을 통해 심오하고 점진적인 과정을 제시한다.

　저자 다비드 퐁텐 교수는 고등사범학교를 졸업하였으며, 철학 교수 자격 소지자이다.

東文選 現代新書 161

소설 분석
현대적 방법론과 기법

베르나르 발레트

조성애 옮김

오랫동안 소설 연구는 역사와 연대기화에 지배되어 왔다. 현시점에서 지배적 장르인 소설은 서체의 중요성을 인식하고 허구의 수사학에 계속 도전하는 장르로서 인식되고 있는 이상, 소설의 역사는 단순한 연대기나 개요적인 계보를 기술하는 것으로 그칠 수 없다.

이 책은 방법론적 관점에서 소설 읽기에 도달하는 과정들을 설명하고 있다. 우선 다양한 분야에서 획득된 인식들을 종합적으로 검토하고, 이러한 인식들이 어떻게 문학 연구에 새로운 빛을 가져올 수 있는지를 가능한 한 객관적으로 보여주고자 한다. 언어학, 구조주의, 화용론, 서사학뿐만 아니라 수용심리학, 사회 비평, 심리 분석이 최근 문학 연구에서 성취해 놓았던 결과들을 통해 역사주의와 방대한 주제적 통합보다 문학성을 더 중요시하는 접근들에 대해 설명한다. 나아가 이들 다양한 모델들에서부터 개인적인 탐구로 나아간 방식들을 제시하고자 한다.

이 책은 소설의 미학적 다양성을 파악하는 데 유익한 소설 분석 입문서라고 할 수 있다. 특히 풍부한 발췌문들은 20세기 소설의 흐름을 알게 해주며, 실제 분석 예들과 뒤에 간략히 소개된 필독서들은 소설 분석의 유익한 출발점들과 이들을 심화시킬 수 있는 바탕을 마련해 주고 있다.